U0048731

追尋歸屬

的女孩

目錄

本書爲系列最終集。

1

在不肖偵探的非法行爲中，最難露出馬腳的手法，是僞裝成竊聽器偵測業者。只要提出委託，任何一家偵探社都會承接住宅或公司內部的竊聽器搜尋業務。但不肖偵探會假裝正在搜索，暗中在屋內裝設竊聽器。

會擔心遭人竊聽的委託人，自然有著不能爲人知的秘密，即使砸大錢，他們也想隱瞞內情。因此一旦得知對話內容外洩，便很容易屈服於恐嚇之下。不肖偵探看準的就是這一點。

舉凡家族遺產繼承問題、外遇、離婚調停、公司內部發起工會活動或謀劃告密事項等，任何私人談話只要被錄下，就可以成爲敲詐勒索的素材。

「追蹤者股份有限公司」便是這類不肖偵探中的佼佼者。「追蹤者」以竊聽器偵測專家之姿，在報章雜誌上刊登廣告，招攬客戶。然而背後的眞實身分，是指定暴力團「獅靭會」旗下的末端組織。

包含經營者在內，「追蹤者」一共有六名職員，推測全數皆是「獅靭會」的成員。

公司地址位於東京都板橋區，但實為空頭辦公室，眞正的業務據點不明。因爲公司名稱並非偵探社，便沒有向公安委員會登記的義務，當然也迴避了偵探業法的約束。

在竊聽器偵測業界裡，雖然有所謂「通訊監聽對策技士」的資格認證，但並無法律約束力，即使沒有資格也能營業，這就是業界的眞實現況。

爲了抓到「追蹤者」的恐嚇證據，竹內調查事務所的反偵探課持續進行了許多調查。而今天，正是收網的重要日子。

工作經歷七年，三十一歲的兒玉忠雄，從住商混合大樓的五樓窗戶向下俯瞰。

時值正午，但週遭有些昏暗，宛如日落前的天色。厚重的雨雲讓雜亂的街角染上一層淡淡的灰。歌舞伎町一番街的路面潮溼，反射著晦暗的鈍光。一朵朵傘花，開在泛著零星波紋的柏油路上。從上方難以確認行人的面貌及髮型，雖然令人傷腦筋，不過問題不只這點。

這裡不是合適的埋伏場所。兒玉埋怨，「在格拉斯麗酒店租一間房，監視的角度還比較好。」

此處是長年無人租借的閒置物件，空蕩蕩的整層樓並未點燈，還積著厚厚灰塵。

社長竹內勇樹站在他背後開口，「我們不按照偵探業的理論行事，免得被同行察覺，這是反偵探課的方針。」

兒玉不禁苦笑。反偵探課是由須磨調查公司創立，恣意妄爲、專門打擊對手的部門。兒玉雖輕視其爲流氓間的鬥爭，但如今包含竹內調查事務所在內，已有十幾家偵探社仿效成立相同部門。

兒玉轉身面對社長。後者身著藏青色的高級條紋西裝，蓄鬍的嘴上叼著一根電子菸，稱呼他爲「組長」還比較適合。偵探事務所及黑道間，或許只有一線之隔。

「追蹤者」錄下可以用來恐嚇的對話後，會帶著「獅靭會」的成員，再度上門拜訪委託人。他們只在口頭上進行敲詐勒索，不會留下任何紙本紀錄等物證。

因此，若要取得恐嚇的證據，只能錄下他們威脅的話。然而「追蹤者」會事先徹底調查過屋內，十分狡猾。

一名竹內調查事務所的女性職員，現正扮演誘餌的角色，而「追蹤者」也已經上鉤；但兒玉等人沒辦法監看到屋內的狀況。

兒玉嘀咕，「裡面不能設置竊聽器和針孔攝影機，因爲『追蹤者』一定會發現。」

「那些傢伙的確滴水不漏，聽說他們總是隨身攜帶干擾器，阻礙手機的電波。」

唯一能倚賴的，是誘餌身上帶的筆型錄音機——數位錄音筆。現在只能暗自祈禱，希望已經捕捉到決定性的威脅字眼。

然而隨著時間流逝，兒玉心中益發不安。他俯瞰斜對面的大樓，一樓便利商店旁有道狹窄的樓梯。

三十多分鐘前，一名像是「追蹤者」成員的男子，就已率領著三名壯碩的黑衣西裝男，走上這道階梯。誘餌位於二樓的某間房內，但到現在為止，還沒有任何人走出來。

兒玉喃喃低語，「眞慢啊。」

「確實。」竹內走到窗邊，「讓後備人員過去確認一下。」

除了兒玉之外，還有七名偵探在附近埋伏監視。一般來說，偵探會在誘餌所處的房間隔壁，或樓梯前方待命；但進行反偵探課的工作時，待在極近距離並非明智之舉。因此七人只能全數從周圍的大樓進行監視。

在七名偵探之外出動的人，就稱爲後備人員。他們多半是會計、社長秘書等非偵探的職員，不過將這些人安置在較遠的外圍，也能起到看守作用。

現在能動員的，只有後備人員。雖然無可奈何，但他們外行的舉止，也更能避免刺激目標。

兒玉拿出智慧型手機，打開ＬＩＮＥ聯絡，「我讓在松屋吧台座位的田島過去。」

但竹內隨即下令，「讓紗崎去。」

兒玉心中浮現一絲不悅，「紗崎？她在二丁目的棒球打擊練習場，配置點是最遠的。」

「那就該快點指示她出動吧？」

兒玉心中雖不服，但再怎麼不合理，也不能違抗社長的意思。兒玉在ＬＩＮＥ上輸入，紗崎，戴上無線耳機，趕緊前往現場。

送出訊息後，兩人都未再說話，兒玉的視線沉默地回到階梯上。

竹內開口，「你有什麼話想說嗎？」

不用說也知道吧，兒玉想，「紗崎已經四個月沒去過現場了。」

不久，一名女子現身。兒玉隨即認出那是紗崎，但並非因爲她撐著透明雨傘，而是那如模特兒般的八頭身比例，無論到哪裡都會引人注目。她果然還是不適合當偵探。

一頭黑色長髮光滑直順，小巧臉蛋上有一雙如貓的大眼，眼角微微挑起，加上筆直高挺的鼻梁，構成一張極爲冷峻的面容。

在夏天穿著黑白的短版T恤，並不會顯得奇怪。只是她短裙下露出的長腿驚人地纖瘦，甚至還踩著高跟鞋，實在完全不適合偵探。不過這番打扮，現在倒或許正好。樸素的服裝反而容易被看出是偵探，這是社長維護玲奈的理由，每次都是這樣。

兒玉播打玲奈的電話號碼，電話接通後，兒玉交代，「紗崎，如果手機電波在那裡沒有受到干擾，就表示那些傢伙已經不在屋裡了。調查屋內的狀況，千萬別大意。」

玲奈悄聲應答，「了解。」

玲奈收起雨傘，走上階梯，完全不張望四周。兒玉覺得做爲偵探，這樣實在太過缺乏警戒心。還是因爲她身爲反偵探課的偵探，才刻意避免那些動作？兒玉不這麼認爲。她只是單純沒有幹勁而已。自從進我們公司後，就一直是那個樣子。

2

玲奈走上狹窄的樓梯。

日光燈熒熒閃爍，這幢建築物屋齡已老，四處都是剝落的牆壁油漆，露出底層的混凝土。天花板上的無線監視攝影機格外嶄新，但從型號看來，已是十年前的樣式了。攝影機鏡頭朝向走廊前端，那裡是玲奈的視野死角。

玲奈拿出一台口袋型類比電視，那是她在秋葉原廢棄電器店購買的。掃描13至63頻道的ＵＨＦ（註）波段，攔截到監視攝影機微弱的電波。三吋螢幕上出現前方的路，空無一人。玲奈彎過轉角，繼續前進。

二樓是附近中華料理店的員工宿舍，竹內悄悄租下其中一間，用來當作引誘「追蹤者」的誘餌屋。兩週前，在同公司的偵探課任職、二十五歲的葉川愛華僞裝成房客，打電話請「追蹤者」調查家中是否被設置竊聽器。之後她再跟進屋拜訪的男性，進行疑似外遇的對話。當然，一切都只是演戲，目的是透過八成已被裝設的竊聽器，提供「追蹤者」恐嚇的材料。

玲奈抵達愛華所在的２０９室門前，側耳傾聽，裡面寂靜無聲。她輕輕轉了轉門把，已經上鎖。

她轉向旁邊的小鋁窗，玻璃很厚。裡面的百葉窗拉下來，看不見室內的模樣。

但玲奈早已牢記室內的空間配置，窗戶對面是廚房。她輕搓指尖，塗上透明指甲油的塗層還在，不會留下指紋。走廊監視攝影機也拍不到這裡。

玲奈從口袋裡拿出內燃式防風打火機，她不抽菸，打火機的用途只有一個。她對著無線耳機的麥克風小聲說，「裡面已上鎖，我要入侵了。」

電話另一端似乎倒抽一口氣。兒玉說，「我們這裡有鑰匙，妳先回來拿。」

「沒有時間了。」玲奈點燃打火機。

用火焰固定炙燒鋁窗鎖附近的玻璃，約經過一分鐘後，再甩動溼透的雨傘，讓雨水潑灑在窗戶玻璃上。伴隨尖銳的聲響，玻璃畫出裂痕，這是由於急遽的溫度變化使玻璃收縮所致。玲奈用傘柄擊破玻璃，手伸進破洞打開鋁窗鎖。

成功打開鋁窗。玲奈單腳抬起，指尖抓住窗框，輕輕一躍便翻進屋內。她先踩在廚房的流理台上，再跳到地面。

似乎無人在此。她走進餐廳，家具爲原本房客所有，現在正在店裡上班，家裡沒有其它人。玲奈繞過餐桌，繼續深入屋內。

一踏入客廳，便聽到微弱的女人呻吟聲。玲奈霎時全身僵直，有如凍結。

室內一片狼籍，衣櫃大開，衣服散落滿地，所有的抽屜也都被拉了出來，裡面的東西丟得到處都是。此外，還有一名仰躺倒地的女性，腹部的白色洋裝染上一片朱紅。

「愛華！」玲奈衝過去。

註：UHF（Ultra High Frequency），指超高頻電磁波，頻率由300MHz至3GHz，波長由10cm至1m不等。

她跪在愛華身邊，觀察她的狀態。愛華用手壓著腹部的割裂傷，鮮血自指縫間汩汩流出。整張臉腫脹不堪，額頭及臉頰佈滿慘不忍睹的瘀青，鼻孔下方掛著兩條血痕。

愛華睜得大大的眼睛恍惚游離地看著虛空，一會兒後才終於看到玲奈，充血的雙眼立刻湧出淚水。愛華虛弱地說，「我想把聲音錄清楚一點，就直接朝他們走過去，只是這樣而已，就被發現了。」

「不要說話！」

「錄音筆……」愛華似乎被什麼噎到，劇烈咳了起來，「被他們拿走了。」

強烈的情緒令人暈眩，面對愛華淪爲暴力犧牲品的慘狀，玲奈發現自己無法壓抑情緒，感覺即將陷入過度呼吸。

耳機裡傳來兒玉的聲音，「紗崎，屋裡還有『追蹤者』裝設的竊聽器，用ＬＩＮＥ說明發生了什麼事。」

玲奈激動地對著麥克風呼喊，「急救箱在哪裡！」

兒玉沉默片刻，「如果妳在屋裡沒看到的話，那就是沒有了。」

玲奈在地上慌忙摸索，尋找可以止血的物品，有強力瞬間接著劑和手帕。

玲奈回到愛華身邊，握著愛華的手腕，用眼神示意她放鬆。愛華的手掌一從腹部上拿開，鮮血隨即噴出。裂開的洋裝將傷處暴露在外，傷口看來很深。玲奈用手帕覆蓋傷口，在上方擠上瞬間接著劑，讓接著劑浸透整條手帕。

氰基丙烯酸酯類物質的揮發成分，具有殺菌作用，硬化後也有抗菌的效果。碰上尼龍或聚脂纖維的布料可能會著火，但這條手帕是棉質的，正好用來代替紗布。

愛華茫然地看著，手帕很快被染成紅色，不過顏色沒有繼續變深，成功止血了。

玲奈交代，「不要碰到腹部，不然會黏住，放著不管就可以了。」

愛華只能用微弱的呼吸回應，雙眼逐漸疲憊地闔上，或許快暈厥了。

玲奈起身，對著麥克風說，「我要叫救護車，先掛斷了。」

「等等。」兒玉制止她，「社長正在叫救護車。更重要的是錄到音了嗎？快問葉川。」

「不用問也知道吧，就是因爲錄到對『追蹤者』不利的對話，他們才要拿走錄音筆。」

「喂，不要直接說。雖然手機通訊經過加密，無法攔截，但竊聽器還是會錄到妳的聲音。」

「我們的身分早就曝光了，不然愛華怎麼會受傷。」

電話另一端可以聽到壓低的談話聲，兒玉似乎正在徵求竹內的指令。

片刻過後，兒玉說，「紗崎，去拿回錄音筆。」

「什麼意思？屋裡早就沒人了！」

「在大樓後面監視的塚本說，看到四個男人從陽台跳出去。」

雖不忍拋下倒在一旁的愛華，玲奈還是急忙趕向最後一個房間。

寢室十分昏暗，窗戶外側的滑軌式擋雨鋁門緊閉著。玲奈用手試著拉開，但文風不動。

玲奈報告，「擋雨門打不開。」

「好像是他們從外面關上的。現在塚本跟鈴木正在跑下樓，已經中斷監視，不知道『追蹤者』的位置在哪裡。紗崎，盡快出去！」

玲奈用力踢向擋雨門，鋁框雖然略爲凹陷，卻依然無法突破。這種門應該不能從外面上鎖，可能是軌道老舊生鏽或扭曲了。四個男人齊力關上的，單憑一名女子很難扳開。

她轉身穿過客廳跑回餐廳，只能尋求間接的方法了，時間的損耗在此時非常致命。

正當玲奈暗暗詛咒自己的運氣時，她注意到了廚房架上的小型筒狀物，是曼陀珠。

拿起曼陀珠時，一個念頭閃過腦海。玲奈打開冰箱，抽出一瓶健怡可樂，又跑了回去。

經過客廳時，玲奈視線一角看到躺在地上的愛華，不禁放慢腳步，停了下來。愛華的膚色蒼白，已完全失去血色，癱放的手腳一動也不動。

兒玉著急地催促，「紗崎，怎麼了？」

一陣不快被挑起，玲奈寒毛直豎。

「我馬上出去。」她不悅地丟下一句，跑進寢室。

她打開寶特瓶瓶蓋，丟進數粒曼陀珠。碳酸隨即發生汽化現象，趕在泡沫噴出前關緊瓶蓋，再將寶特瓶緊貼在鋁門下半部。接著推倒旁邊的衣櫃，堵住門口，雙手用力壓著衣櫃。

爆破聲轟然作響，整個房子都爲之搖晃。玲奈用全身的體重，抵抗衣櫃向上反彈的力量。但塵埃隨即在下一秒覆蓋視線，腦中響起尖銳的耳鳴。玲奈推開毀損的衣櫃。鋁門框已脫離軌道，戶外的光線從縫隙滲入。玲奈使盡全身力氣踢破擋雨門。

跳到陽台上，雨水如霧，將歌舞伎町覆上一層灰白。四處開著傘花，行人的步調悠閒，逃跑的那群男人應該不在其中。

眼下是住宅區的小巷，玲奈翻過欄杆，吊掛在陽台外側，盡可能讓腳尖接近地面後，才放開手。膝蓋雖吸收了落地的衝擊，玲奈還是撲倒在地。她重新站直身子，走進雨中。

耳邊又響起兒玉的聲音，「鈴木往區公所的方向、塚本往西武新宿站的方向過去，大家分頭找。紗崎去大久保醫院附近……」

通話猝然中斷，只剩下反覆刺耳的占線音。玲奈覺得奇怪，拿出手機一看，狀態顯示爲無訊號。打開Google地圖，不知爲何也抓不到GPS訊號。

此時，一輛箱型車猛然從玲奈身邊呼嘯而過。車型是白色的本田Odyssey，後車窗貼了有色隔熱紙，無法分辨乘客人數。隨著車子逐漸遠去，手機螢幕上的訊號也恢復正常。

是攜帶型電波干擾器，和車載式衛星定位阻斷器，肯定是「追蹤者」的車。玲奈將手機切換到相機畫面，對著車尾拍照按下快門。

箱型車消失在轉角處，玲奈確認拍照成果。不需特別放大，車牌號碼也能清晰判讀，登錄單位是東京都練馬陸運局。車牌表面並無不自然之處，數字也無歪斜，應該可以排除僞造的可能。

遠方的風送來警笛聲，大概是應竹內的通報趕來的救護車。

玲奈想起愛華浴血的身影，瞬間陷入迷茫，一陣頭暈眼花。她雖感踉蹌，仍勉力穩住步伐。

她留意到附近一輛自行車，用鍊條和人行道護欄鍊在一起，是違規停放的自行車。觀望四周，車主應該不在附近。玲奈在自行車旁蹲下，將鍊條向左右拉開，在持續施力的狀態下同時轉動密碼鎖。當手指感覺到輕微的不同時，便停下該數字轉盤，不久便順利解鎖。

玲奈躍上自行車，蹬下踏板前進。迎面而來的風混雜著雨珠，如針刺毫不留情地打在身上。

該往何處去？玲奈完全沒有頭緒。思考能力變得遲緩，空虛感受在腦中不斷滋長。她甩甩頭，從剛才的一連串衝擊清醒過來。

只需以偵探的身分追逐「追蹤者」，其餘不必多想。

玲奈不知道Odyssey的去向，她騎著自行車在新宿通上往東前進。

光靠車牌號碼，無法查出車輛所有人。即便向陸運局詢問，若沒有車檢證上記載的車體號碼，對方就會拒絕出示登錄資訊，但偵探自然有其他技巧。玲奈在四谷圖書館前停下自行車。

一進入館內，玲奈便坐進單人的電腦隔間座位。她嘗試下載免費的圖像加工軟體，但網路有設定使用限制，無法進入下載網站。

這種事也已經是家常便飯了。只要改變瀏覽器的代理伺服器限制，就可以逃過公共設施單位的管理，玲奈很快就成功下載了軟體。

輸入「Odyssey」、「白色」和「路邊停車」三個關鍵字後搜尋圖片，她需要和「追蹤者」同款車輛的路邊停車照片。找到理想的照片了。

玲奈將方才用手機拍下的照片寄到雅虎電子信箱，再在電腦上打開。利用圖像加工軟體，裁下車牌的部分，調整長寬比例，再與路邊停車的車輛合成。列印出來後，看起來就像一張「追蹤者」的Odyssey停在路邊的照片，偽造大功告成。

玲奈將自行車留在圖書館前，逕自走向四谷三丁目站，搭乘丸之內線返回新宿站。接著換乘山手線在池袋站下車，前往東武東上線的月台。

手機反覆響著，是兒玉打來的。玲奈沒有接聽，而是用ＬＩＮＥ傳了短短一句「追蹤中」，之後鈴聲便不再響起。

在搖晃的電車裡，玲奈奇妙地感覺缺乏現實感受，映在眼裡的一切彷彿電影畫面。在知覺非得敏銳不可的時候，欠缺注意力是會致命的。玲奈自己也明白，但理性的運作卻十分遲鈍，宛如一個始終處於酒醉狀態的人，心中充滿難以言喻的不安。

在東武練馬站下車時，雨已經停了。玲奈朝北町二丁目方向步行，抵達陸運局。她在申訴違規停車的文件中附上僞造好的圖片，平面示意圖則考量合理的週邊環境捏造出來，車輛停放期間也寫得長一些。準備好後，就將所有資料一併遞交給窗口。

玲奈自稱林田佑子，向職員出示的身分證件及外出勞動者（註）手冊上，寫的也是這個名字。

只要身爲偵探，每個人都會隨身攜帶附照片的假名身分證件。掛名林田佑子的外出勞動者手冊，是由公共職業安定核發，申請時無需核對是否爲本人，這是程序上的盲點。在區公所申請身分證明文件時，也是使用隨意編造的假住址，承辦人員同樣沒有確認眞僞。即便過程有漏洞，拿到的身分證無庸置疑是由厚生勞動省核發，因此向陸運局出示時，無需擔心會被懷疑。

註：原文為出稼勞働者，定義為離開戶籍地一個月以上，一年以下的勞工，工作期間結束後再回到戶籍地。

如同玲奈預料，窗口當場受理了申訴。提出久置車輛妨害的申訴時，即使只有對方的車牌號碼，也能調閱車輛登錄資訊。玲奈接下文件影本，走出陸運局。

她在路上邊走邊確認文件。那台Odyssey的所有者是法人「須澤事務所」，位在足立區北加平町二四。這就是「追蹤者」眞正的業務據點嗎？

手機再度響起，液晶螢幕上顯示竹內勇樹的名字。

玲奈接起電話，「喂？」

「紗崎。」竹內的聲音充滿威嚴，「不要疏於報告。剛才怎麼了？」

「愛華的狀況如何？」

「根據回報，一條命是保住了。」

「我會再聯絡的。」玲奈掛斷電話。

佇立在人煙稀少的街角，玲奈垂下視線。周圍如此寧靜。拂過臉頰的風、長髮飄揚的感受，訴說著這一切不過是虛無日常的延伸。只要能繼續這麼走下去，就不必承受任何苦行。

躊躇只維持了數秒，玲奈邁開步伐。對於自己內心幾乎就要萌生的脆弱動搖，玲奈並不習慣。步行轉爲小跑步，不能放過把愛華害得那麼慘的人，根本沒有什麼好迷惘的。

3

下午四點多，無愧夏季之名，多雲的天空依然光亮。玲奈走出筑波特快線的六町站，朝著老舊民宅林立的住宅區前進。

根據Google地圖指示，目的地位於敬駿理科大學附屬高中的後方。在綿延的家宅中，一間平房組合屋孤單佇立著。上面掛著「須澤會計事務所」的招牌，前面沒有車輛停放，建築物的窗戶裡也沒有透出燈光。正面的鐵捲門緊閉，或許是停業中。

玲奈觀察四周，確定沒有其他耳目，便踏進這片用地。她繞到組合屋後方，在沒上鎖的鐵櫃裡找到一個工具箱，從中暫借了一把一字形螺絲起子。

事務所的鋁門毫無意外已經上鎖，也貼有ALSOK的貼紙，但顯得老舊褪色，推測保全仍使用舊式的系統。鋁門本身是公司建築常見的款式，上半部是厚玻璃，下半部是銀色波浪板。

玲奈蹲在門前。這種鋁門的波浪板看似金屬製，實爲表面塗上薄鋁塗層的夾板，只要用螺絲起子用力猛戳，就能簡單刺穿。把破洞挖大後，即可伸手進去解鎖。

一開門進屋，屋內便響起古典樂音。旋律是韋瓦第的《春》，是ALSOK家庭安全綜合保全公司的預設音樂。再三十秒音樂就會結束，玲奈先將數台事務機上的話筒拿起，接著撥打117。

只要在三十秒內於系統輸入密碼，就能解除保全；若沒有輸入密碼，就會自動通報綜合保全公司的營業所。不過以這種老舊的系統來說，通報時使用的是電話線路，在此類採用家庭式保全系統的小規模事務所裡，幾乎不可能特地建立通報專用的獨立線路。因此只要讓電話全部處於通話中的狀態，通報就無法撥打出去。

音樂很快停止了，表示通報訊息的蜂鳴聲響起，卻沒有應當隨之而來的發送音。事務所回歸沉寂，唯有事務機的話筒中，分別傳出微弱的報時聲。

玲奈輕吁一口氣，或許是終於放下心來了吧。

她開始搜索。針對「追蹤者」的竊聽器偵測業務，必須找到實質證據才行。她打開抽屜確認其中文件，各種財務報表和稅務申報書，依照不同客戶分類收納於資料夾中。

不對勁，玲奈心生困惑。這裡只有和會計事務所相關的業務，並無其他可疑之處。

此時，屋外傳來車門關上的聲音，而且不只一聲。玲奈抬頭一看，窗外正閃爍著紅色警燈。

玲奈急忙返回侵入口，一踏出屋子，就察覺有群人正朝自己跑來。她立刻拔腿奔入民宅間的小巷弄。「在那裡！」男人在後方怒吼，腳步聲從四面八方而來。她被包圍了。

彼此尚有一段距離，他們還沒看見玲奈的臉，但確實看到了背影，也已經掌握她能逃跑的方向。

高中校舍進入眼簾，操場上空無一人，沒有放學後參加社團活動的學生。玲奈抓住鐵絲網，攀爬翻越入侵學校。

她一邊朝校舍奔跑，一邊快速整理腦中混亂至極的思路。爲什麼警察會趕來？應該不是警備公司的通報才對。

一定是陷阱。那間會計事務所與此事無關，是「追蹤者」向警方報案的。他們八成宣稱有凶惡的罪犯藏身其中，否則警方不會緊急動員這麼大量的警力。

終於抵達校舍。玲奈跑到後方，拾起一個金屬片，再跑到拉門前。門上掛著南京鎖。

金屬片可以做爲墊片的替代品。她將金屬片插進南京鎖上半部U字形鎖的縫隙，從上方施加壓力。U形部位鎖隨著尖銳的聲響彈開，玲奈取下南京鎖，打開拉門。

她衝進校舍。既然目擊了侵入民宅的現行犯，警方不需出示相關令狀，也能逕自進入私有土地。實際上，怒吼與腳步聲已經近在咫尺了。玲奈從未被逼到如此境地，她在走廊上全速奔馳，衝上樓梯。

剛到二樓，她就看到攝影社的社團教室。玲奈掃視教室裡的櫃子，顯影劑旁邊有裝著停止液的塑膠容器。她一把抓下停止液，回到樓梯口，將容器內的液體傾倒一空。

停止液就是醋酸溶液。玲奈雙眼瞬間感到強烈的刺激，眼淚撲簌簌地掉。如此反應想必不僅限於玲奈，樓梯下追來的人也會受到相同影響。腳步聲確實已經慢了下來，可以聽到許多人的咳嗽聲。玲奈轉身往更上一層樓跑去。

她在走廊的整排置物櫃中找出沒上鎖的，櫃子裡有一套運動服及運動包，玲奈抓了就跑。

常溫下，醋酸很快就會揮發，催淚效果無法維持很久。警察的腳步聲又高聲響起，他們已追到玲奈所在的三樓。

玲奈逃進校舍一端的化學室，關上門後立刻脫去衣服塞進運動包，再換穿上運動服。她從陽台往下望，下方有個水池，水面輕微起伏著。

原本應該可以利用逃生梯，但眼下制服警察已佔據校園各處，不斷縮小包圍網，無路可逃。爬下逃生梯，會馬上被逮捕，更不用說長相就會先被看到，身分曝光。

玲奈情緒異常激動，她回到化學室內，焦急地將架上藥品一一扔到地上。走廊上奔跑的腳步聲已迫在眉睫。

此時，玲奈注意到一個被她丟在旁邊的容器。水桶大的容器裡，裝滿無數結晶般的銀白色物體，標籤上寫著「實驗用鈉」。

玲奈屏息，只能用這個了。她抱著容器跑出陽台，操場上的警察又比剛才更多了。玲奈把容器丟向水池，並立即遮住自己的臉。

化學反應的程度超乎想像。一陣爆炸般的轟然巨響，衝擊波達三層樓高，震碎所有玻璃窗。如直下型地震來襲，整棟校舍垂直搖晃，巨大的水柱高高聳立空中。水蒸氣化爲白煙，掩蓋了視線。濃霧遮蔽陽光，眼前所見一片漆黑。

玲奈被風壓狠狠掃向後方，摔在室內地板上。她雙手抱頭，躲開從天而降的玻璃碎片。聽覺完全喪失——不，還稍微聽得到一些聲音。叫喊聲逐漸遠去，也聽到有人大吼著「先撤離！」

撤離。沒錯，要逃走只能趁現在。玲奈站起來，全身知覺依然遲鈍，整個人彷佛一團老舊棉布。她凝目細看，勉強辨識出鋁門窗的位置，拖著腳走出陽台。

約莫經過三十分鐘。玲奈知道自己的鼓膜並未受損，現在聽覺已經很清晰了。看熱鬧的人們在四周喧騰，警方忙著用擴音器大聲呼籲。直升機的螺旋槳聲，不斷在上空中盤旋。

警方要求周邊居民撤離，拉起禁止進入的封鎖線，封鎖範圍遠比校地本身要大上許多。或許是正好在附近採訪，電視台的轉播車很快抵達現場。群眾都高舉著手機和相機，爭相拍攝現場畫面。

那些人現在究竟是什麼心態？玲奈思考著集團心理。她無法判讀人們的表情。警察只看到她的背影，如今她已脫離包圍網，甚至比湊熱鬧的人群更加置身事外。玲奈蹲坐在路邊。

無人上前關心，連制服警察都直接從她面前經過。對他們來說，搜索逃犯已經不是第一要務了吧。他們連現況都還無法掌握，附近居民似乎也一頭霧水，興奮地交換各種天馬行空的猜想。是伊斯蘭國？還是其他恐怖攻擊？

玲奈丟下的並不是炸彈。只是鈉金屬和水的化學反應威力遠遠超出想像，連遠處的屋頂瓦片都被吹飛。向周圍飛灑的水花，應該是化學反應生成的氫氧化鈉，樹木想必全都都枯了。

玲奈抱著雙膝低下頭。根本毫無意義。從她看到愛華的慘況開始，一切都有如難以控制的發作。不斷做出違法行爲、擴大騷動，最終卻只是徒然。

將運動包掛在肩上，玲奈緩緩起身。此地不宜久留，說不定會碰到這件運動服的主人，衣服上還縫著那名學生的姓名。

玲奈已經很久沒有追尋容身之處了，她早已和安心居住之地訣別，孤獨才是心靈的支柱。然而在憂傷中，仍有一道疑問掠過。爲何她能斷定，這一切並非自己的逞強？

4

傍晚五點的電視新聞，每台播報的內容都一樣。「敬駿理科大學附屬高中的水池，發生原因不詳的水蒸氣爆炸。」類似的新聞快報佔據了所有版面。

須磨康臣正在汐留一間外語商業專門學校的空樓層，他走進辦公室，不時瞥一眼電視。螢幕上出現由事件現場上空拍攝的直播畫面，似乎沒有人員傷亡，但物理破壞則波及了周邊住家。

原因無從得知，而須磨也無意深入探究。隨著年歲增長，他對世間的人事物失去興趣，特別是像現在這種時刻——剛上完ＰＩ學校的課後，更容易陷入對周遭漠不關心的狀態。他沒有「傳授了什麼給學生」的成就感。就某種層面來說，他一直在失去自我。

或許是因爲灰濛濛的天空，今天不太能判斷正確時間。所有課堂結束後，須磨從已經幾乎完全暗下來的走廊，返回教室裡。

受訓生皆已離校，他走進關了燈的教室內，闔上講桌上的筆記型電腦。正要帶著電腦離去，他突然注意到了什麼，停下腳步。

他以爲教室裡已空無一人，但一名年輕女性，還留在後方座位上。靠著幽微的光亮，須磨一眼就看出她的身分。

「峰森。」他靜靜地說，「怎麼了？」

少女風格的打扮，讓她看上去比實際的二十歲要來得年輕。她留著一頭中長髮，稚氣面龐略爲低垂，怯怯望著須磨。

琴葉現在一邊在須磨調查公司上班，一邊在ＰＩ學校上課。她是基於自身意願入學的，學習態度認眞，也充滿熱情。只不過她很少向須磨發問，這也是她入學後兩人首次單獨談話。

「我……」琴葉悄聲問道，「是不是沒有資格聽課？」

「妳在說什麼，妳不是每次都好好來上課了嗎？」

「我是說特殊課程，可以讓我上嗎？」

須磨內心暗暗萌生某股陰鬱的氣息，他知道自己板起了臉，「我們這裡沒有什麼特殊課程。」

「不，有的。警視廳的人攔查我們時說了，只有桐嶋前輩和玲奈姊受到社長的認可，接受過您的個人指導。」

警視廳的人大概是搜查一課的係長坂東志郎警部吧，知道自己過去的人就是麻煩。須磨不悅地問，「他說是什麼樣的指導？」

「比起一般課程，教授更多違法行爲之類的。」

「峰森，我們公司的反偵探課成員只有妳一人，但現在已經不用像紗崎一樣不擇手段。妳只需要接受委託人對其他公司偵探的投訴，並向偵探課報告，這就是反偵探課現在唯一的工作。」

「因爲我的經驗還不夠吧？可是，如果什麼都不做，就永遠不會成長。只要能學到知識，我就能應用在調查中，對公司做出貢獻。」

「狀況不同了。許多公司都設立了反偵探課，會互相監視彼此的非法行爲，向公安委員會提出報告。這樣的體制建立後，就能幫助業界的健全化，以牙還牙的思維已經過時了。」

「不對，光是從目標的信箱偷出郵件時，就已經是犯罪了，不是嗎？『每個偵探的本質都是不肖偵探』這麼說的不是別人，正是社長您。若要跟反社會集團或人物交手，我們也不得不沾染非法行爲。」

已經能夠嫻熟地詭辯了。以一名偵探來說，她或許也成長了。換言之，她也踏上了無法回頭的道路。

須磨沒將擔憂寫在臉上，「出動就交給偵探課就行了。」

「只有我們公司是那樣做的吧？聽說別家反偵探課都參考我們以前的做法，不避諱跟目標發生衝突。還聽說竹內事務所的業績最好，玲奈姊現在也一如往常活躍中啊。」

這不過是妳的一廂情願，須磨心想，實際情形可是完全相反。在那間公司裡，玲奈根本被其他人當成瘟神。

須磨問，「妳不知道紗崎的近況嗎？」

琴葉的表情一僵，流露些許反抗態度，「因爲您說我們不能見面。」

對話到此中斷，兩人陷入沉默。窗外閃現一抹光亮，略爲照亮室內。接著一聲遠雷轟隆作響，預示著傍晚時分即將到來的雷陣雨。

須磨直截了當地問，「妳想恢復過去反偵探課的做法，是因爲希望紗崎回來嗎？想打造一個能讓紗崎大展身手的環境嗎？」

琴葉的眼神動搖了，「我親眼目睹了不肖偵探毫無人道的行爲。不，連我自己也深受其害。那些像流氓一樣野蠻的人居然是偵探，這是對我們的侮辱，所以我才想消滅他們。」

內心眞正的想法並非如此吧？須磨認爲琴葉其實是想對玲奈贖罪。傷害玲奈、疏遠玲奈，這些羞恥的行爲令她痛苦。琴葉只是想逆轉時間罷了，回到那個理應避之唯恐不及、異常且陰慘無比的時光，那便是琴葉所期望的。

須磨嘲諷地說，「說眞的，我之前很擔心妳的精神狀態。遭遇過如此悽慘的事故，我怕妳會以酒精或毒品來逃避現實。不過現在看來，原來妳是正好相反的類型。妳其實是工作狂哪。」

琴葉認眞點頭，「我自己也滿意外的。」

看來她似乎沒察覺須磨話中的挖苦。工作狂。將自己泡在艱苦的泥淖中，反而更能進入狀況、減輕心理負擔。雖然形式不同，但和逃避是一樣的，他希望琴葉能注意到這一點。

窗外已出現沙沙雨聲，然而緊閉的教室內空氣沉悶，感受不到一絲清涼。

須磨端詳著琴葉，「妳跟姊姊還是沒有任何往來？」

琴葉的神情更僵硬了，「姊姊人很平安，這樣就夠了。」

妳現在才感到玲奈可憐、開始同情她了嗎？若是這樣問她，須磨覺得未免太殘忍。片刻沉默後，琴葉起身，刻意讓椅子發出很大的聲音。她深深低頭，「拜託您。警視廳的人知道我在ＰＩ學校上課，老是問我『是不是還沒上特殊課程』。但我一定不會讓他們發現，也不會向任何人透露上課內容，我絕對會嚴守秘密。」

須磨感覺得到她堅強的意志，但問題不僅如此。

他問道，「妳記得今天進入大樓前，附近停了什麼樣的車嗎？」

「馬路對面有藍色速霸陸Impreza G4、白色本田Mobilio，後面還有一輛銀色豐田Crown轎車。」

看來的確是實際運用了課程內容。須磨接著問，「兩個便衣刑警的模樣如何？」

「咦？」琴葉一臉困惑，「便衣刑警？」

「200系的Crown的副駕駛座車門上如果有鑰匙孔，那就是便衣警車。」

「我不知道。」琴葉嘀咕，抗議地看著須磨，「因爲您沒教過。社長，課堂上學過的東西，我都牢記在心了。跟蹤目標時，後三組鞋帶孔要放鬆，剩下的前兩組用力打結綁緊，這樣走路就不會累。襪子在前一天晚上先放進冷藏庫，縫線就不容易綻開。如果非得使用公共電話時，要用雜誌遮住話筒；對方說話時，用手堵住通話口就能聽得更清楚。」

「不對。」

琴葉嚇了一跳，對須磨投以疑問的眼神。

一不小心便出言糾正，現在已無法收回了。須磨心中暗暗自責，對琴葉說，「那是偵探的做法。反偵探課的偵探要和普通人一樣，用手塞住另一側的耳朵。雖然不容易聽清楚，但就是要刻意這樣做，否則會被同行的偵探識破。」

或許是預感特殊課程即將開始，琴葉一言不發，嚴陣以待。此時無需多問，她正襟危坐，彷彿打算將對方傳授的一切完全吸收。

義無反顧的眼神，正如從前的玲奈。須磨繼續說，「假設妳要跟隨目標搭上國際航班，或必須甩掉其他公司反偵探課的跟蹤，這時若要盡速通過海關，該怎麼做？」

「看哪一排有比較多經常出差旅行的商人，排在他們後面……之前學到的是這樣。」

「那是一般的偵探。從今天起，妳要故意買超過免稅額一點點的東西，走課稅櫃檯。那邊很空，馬上就可以通關。」

琴葉雙眼發亮，「目前還在合法的階段吧！」

「如果碰到目標開車，因違反交通規則被警察攔下，要立刻跟目標拉遠距離，之前是這麼教的吧！因爲萬一對方發現被跟蹤，有可能直接告訴警察。不過，以後妳要留在附近觀察情形。」

「爲什麼呢？」

「交通違規的慣犯，往往會在巡邏車離去後，氣沖沖地將罰單揉成一團丟掉。反正民眾沒有保管罰單的義務，罰金繳款單也會另外寄來。在目標遠去後，再撿起罰單。姓名、住址、出生年月日、電話號碼、駕照號碼，全都寫在上面。如此一來，便能獲得目標的個人資料。」

「我明白了，」琴葉看似有些興奮，「不過，撿拾垃圾也還不算違法吧！」

她是想跨越那條線吧。須磨冷冷地說，「妳已經滿二十歲了，申請參加國家公務員考試，取得准考證後，就可以入侵政府機關。對偵探來說，還有很多必須準備。」

琴葉終於露出笑容，「我想再進一步學習。」

須磨重新思考，他不能一直過度保護琴葉。即使限制她只能做文書工作，她總有一天會跑去案件現場吧，調查行動的責任一律都在自己身上。

須磨說明，「警方應該滿心期待妳會學到一些犯罪入門，才每天派人守著。警察和偵探的跟蹤方法都一樣，只要妳一走出大樓，便衣刑警就會跟上去。如果妳能甩掉跟蹤、回到這裡，我就開始教授妳想要的特殊課程。在妳成功逃過警方的耳目前，我不會教妳。桐嶋和紗崎也是這樣過來的。」

琴葉孩子氣地歡呼一聲，正要走向教室門口，又停下腳步，「啊，特殊課程需要準備什麼東西嗎？我可以在路上買。」

「可以將手機的相機快門調成靜音的應用程式，妳應該已經下載了吧？那就只剩避免留下指紋的手套。將有含天然聚合物的化妝水與酒精混合，沾溼手套的指尖。那種液體具有導電性，因此不必脫下手套就能觸控手機螢幕。」

「了解，我會試試看的。」琴葉站在門口，滿面笑容地說，「謝謝您，我會盡全力加油的。我一定會回來，請您稍候。」

琴葉的背影消失在走廊。須磨咀嚼著心中糟糕透頂的餘韻。她還不知道，倘若明白這條路是如何荊棘遍布，她就不會那般爽朗了。

5

連續下了整夜的雨，清晨時已經停止。汐留SIO-SITE第五區的義大利街，須磨坐在無人廣場邊的露臺座位區，眺望著濡濕的紅磚地。

突然有人拉開鄰座的椅子。桐嶋嚴肅地確認，「這裡可以嗎？」

須磨沒有回答，「我想到紗崎剛進ＰＩ學校就讀時的事。她就坐在那個位子，明明還沒開始進行偵探實務，卻已經滿臉瘀青。」

桐嶋坐下，「因為跆拳道場嗎？」

「她挑釁師範，被痛打了一頓。」須磨的手伸向咖啡杯，「我曾經問過她，幫妹妹報仇完後，對未來有什麼打算。」

「市村凜現在是昏迷重傷狀態，紗崎已經達成目的。」桐嶋看著須磨，「應該沒有義務，連培育死神的人物都要追出來吧？」

命運。

「是啊。」須磨低聲說，啜飲一口咖啡，心想他也沒有權力讓紗崎背負更多殘酷的

開口。

女服務生走近，桐嶋點了一杯大吉嶺紅茶。直到服務生走得夠遠之前，兩人都沒有

圖檔。雖然經過清晰化處理，但男子的臉還是頗爲模糊。

須磨從懷裡取出手機，點開圖片。那原本是底片機拍下的照片，經掃描後數位化成

桐嶋問，「是姥妙悠兒吧。」

「沒錯。」須磨點頭，「照片就只有這麼一張。」

「他是隱居了嗎？像晚年的霍華·休斯（Howard Hughes）那樣。」

「這是二十多年前，在鹿兒島的醫師會聚會上偷拍的。除了診療之外，這是姥妙唯一一次在公眾場合現身。」

他看上去和須磨同一個世代，當時大約三十歲左右。眼角下垂，雙頰瘦削，配上一副尖下巴，長相極具特色。短髮梳成三七分，從領帶打法看得出此人的一絲不苟。以精神科醫師來說，雖然還算年輕，但當時的姥妙已是學界紅人。他熱心於稅制等社會改革，甚至有傳聞他會出馬角逐縣議員。

一股難以名狀的憂慮揮之不去，須磨繼續說，「原以為他會立志從政，但姥妙卻宣布，要在自己的專業領域掀起革命。發表三一構想的論文時，媒體也曾大篇幅報導。」

「所謂三一，就是三位一體改革吧！結合精神科醫師、律師和偵探，以三人一組的方式接受委託人諮詢，是全新的經營形式。」

「當時所有人都認為這是個異想天開的想法。」

「不過仔細想想，或許我們該樂見其成。調查業時常需要法律上的協助，我們公司現在也跟顧問律師合作。如果還能進一步分析人的心理，那就更完善了。畢竟偵探唯一無法窺探的，就只有腦中的想法。」

贊同姥妙的人，應該也是深感專業領域的限制之苦，才會覺得異業人士之間相互補足也不錯。

姥妙自己經營的醫院，以「三一構想」為賣點。須磨無法參透究竟他是以賺錢為目的，或認為這確實對患者的治療有益。

不過精神科醫師處理患者的心病，偵探從實際的物理角度調查患者的煩惱，律師提供法律層面的解決方法，這的確是萬全的救濟措施。對於因職場衝突等原因而壓力重重的患者，這會是讓他們脫離苦難的最佳手段。

無論聽了多少安慰的話語、服用多少精神安定劑，都不過是治標罷了。「三一構想」可說是終極的治本療法。

須磨問桐嶋，「你相信那就是夢幻的問題解決方法嗎？」

「這個嘛，我也是到最近才看了一些當時的報導，不太清楚詳情，但其中還是有弊病吧？」

「你指的是？」

「精神科醫師如果有足夠健全的認知，倒是沒問題；但若他心存惡意，患者便無處可逃。正因爲律師和偵探各自獨立，才能從不同角度檢視不同的問題。如果全部合爲一體，患者就會被完全限制住，斷絕其他可能的選擇。就像教祖一般，信徒只能唯命是從。」

須磨頗有同感，「三一構想無法得到足夠的醫界支持，最終化爲泡影。確實只有極少數的醫師，打從心底認同姥妙的眞實想法。」

他的目光轉向紅磚地，一個幼童牽著母親的手，正慢慢穿過廣場。

不久，附近傳來他人的腳步聲，有人在桌上放下一杯大吉嶺紅茶。

服務生離開後，桐嶋開口，「您說過，從前的姥妙是如同惡魔般殘暴的偵探。」

「正因爲原本不是偵探界的人，他才更加放肆。他似乎發現偵探業的本質就是非法行爲後，便愈來愈無所顧忌。不僅如此，姥妙甚至會對目標下安眠藥，趁機奪取目標的鑰匙或身分證。」

在三一構想中，姥妙讓精神科和律師締結顧問契約，另一方面，卻又認爲偵探應該由醫師本人兼任。當時偵探業法尚未設立，偵探並不需要特別提出營業申請。姥妙很快學會了偵探的調查方法，迅速嶄露頭角。也有人認爲，姥妙身爲精神科醫師，擁有能巧妙引導他人說出秘密的話術。

桐嶋終於向茶杯伸出手，「我看過姥妙的論文。不僅是三一構想，他本身的想法好像就十分特殊。他在一九九八年時就寫道，爲了支援妄想型人格障礙患者回歸社會，應該讓他們學習調查業的知識。」

這件事在業界頗爲知名。那些患者多半是孤獨無依的限制行爲能力人，而且包含許多被監護人。

這些被監護人因爲精神障礙而欠缺判斷能力，由家事法庭判定有監護必要。而擔任這些人的監護人，代理他們進行財產管理的人，正是姥妙。而做爲被保佐人的患者，也由姥妙擔任保佐人。換言之，患者回歸社會後，財產依然被姥妙掌握，不得不依附他。

須磨說，「妄想型人格障礙患者確實會一直保有防備心，即使是他人的隻字片語，也會隨意解讀成惡意或背叛。在今日的社會，猜疑心會讓他們深深執著於揭穿他人的欺瞞，而且不會透露自己的秘密。這確實是成爲偵探的最佳動力。」

桐嶋浮現疑惑，「但他們的原點可是病態的妄想喔？」

「這就是問題所在。」須磨坐正身子，「歸根究柢，這一切只是疾病的症狀。但對姥妙來說，他打算藉由那些人的特質，替他們安排合適的工作。實際上就有許多妄想型人格障礙患者，在姥妙的監護和保佐下成爲偵探。每個人似乎都是各自營生，市村凜也是其中一人。她在十四歲遭受性侵後，主治醫師就是姥妙。」

「不過姥妙沒有在市村之前的醫院出現過。」

「當然。二〇〇七年偵探業法制定後，姥妙立刻就失蹤了。不用想也知道原因。」偵探業法第三條第一項，成年被監護人或被保佐人，不得經營偵探業，這是審查不合格的原因之一。

桐嶋點頭，「這下一來，姥妙的徒弟全都不能打出偵探的招牌營業了。姥妙唯恐被追究責任，所以逃跑了吧。」

姥妙下落不明後，那些徒弟也就失去了抑制他們的頭箍，開始任性妄爲。其中也包括市村凜。她從未向公安委員會提出營業申請，以地下偵探的身分，承接家暴丈夫和跟蹤狂的委託。在那些不肖偵探造成的危害中，異常程度和反社會性特別高的案例，可能都與姥妙的徒弟有關。

須磨低聲說，「如果能找出姥妙，讓他負起對徒弟一定的管理義務，或許就能大量減少不肖偵探吧。」

「是啊。只不過……」桐嶋嘆了口氣，「根本毫無頭緒。他丟下工作，至今已經將近八年沒回家了。今年五十一歲，單身，父母雙亡。他現在究竟在哪裡做些什麼呢？」

須磨端詳手機畫面。當年姥妙在聚會上談及三一構想，如社運人士般熱烈闡述他的想法。這樣的人如今音訊全無，反倒令人渾身不舒服，難道他已經不在人世了？

桐嶋坦承，「要繼續尋找姥妙，單靠我們自己的效果有限。是不是應該向其他公司的反偵探課尋求幫助？」

須磨無法同意，「哪一家都無法信任。只要情報外洩，就會被姥妙的徒弟發現。」

「那些徒弟會包庇曾經拋棄自己的老師嗎？」

「不知道，但調查絕對必須在機密情況下進行才行。」

桐嶋流露不滿的表情，但他什麼也沒說，站了起來。正要離去時，又停下腳步轉身，似乎想起什麼。

「社長。」桐嶋說，「我反對您給峰森進行個人指導。」

「你怎麼知道的？」

「今天，峰森拚命想在雨中甩掉跟蹤的警察，最後她沒成功，回到公司後崩潰大哭。我想您應該知道的。」

「這個嘛。她離開教室後，我馬上就回家了。」

桐嶋眼神尖銳如冰地看著須磨，「您這樣說還眞是冷淡。」沒有說明的必要，桐嶋應該也明白。琴葉根本不可能甩掉跟蹤的警察，至少目前看來如此。

須磨回望桐嶋，「既然你反對我指導她，就沒什麼好抱怨吧？」

「那就請您明確拒絕峰森。讓她一直抱著希望，太可憐了。」

「在這個過程中，或許也會出現成長的契機。」

「那我就更不樂見了。」桐嶋的表情益發險峻，「經歷那些事後，峰森精神上受到巨大衝擊，情緒並不穩定。即使只學了一種開鎖方法，恐怕也無法完全抑制想另作他用的衝動。」

「你認為峰森的內心潛藏如此惡意嗎？」

「即使出發點是善意的，一旦訴諸非法手段，就只是單純的犯罪。」

桐嶋說了這麼一句話，就點頭致意離去。

心中滿滿的鬱悶感揮之不去，須磨深深嘆了一口氣。我和姥妙做的是一樣的事嗎？捫心自問毫無意義，答案不在此處。

6

竹內並不討厭從社長室窗戶望出去的麻布夜景。夏天的霓虹燈時常顯得灰暗，但混濁的空氣，也算夏季特有的風情。能擺下辦公桌和整組接待沙發的空間頗為舒適，他同樣十分中意。

然而，現在縱使眺望玻璃窗外的景色，他也無法平靜。員工沒完沒了的抱怨，自然不是什麼能讓人解悶的小菜。

怨言的對象並非竹內。兒玉正在社長室裡走來走去，大吐對另一名員工的苦水。

「簡直如預料中醜態盡出。妳進到我們公司後，曾經想過好好認眞工作嗎？是想毀了公司嗎？」

竹內不耐煩地回頭，「喂，先別說了。」

兒玉停下腳步，不滿地望著他。

玲奈則低頭佇立著。進社長室前她姑且換了衣服，但頭髮上還是沾染著薄薄一層髒污，額頭和臉頰也黏著黑色的東西。

竹內盯著玲奈，「妳爲什麼沒想到，那台Odyssey有可能是贓車？」

玲奈沉默不語，她愧疚垂下的雙眼，透露出反省的意思。竹內雖這麼想，但兒玉似乎不這麼覺得。

兒玉繼續埋怨，「妳覺得一句話都不說，別人就會原諒妳嗎？他們在日吉站前就丟下Odyssey跑了，妳卻一股腦衝往完全錯誤的方向，擅自闖進毫不相關的公司。須澤會計事務所只是車子被偷了！爲什麼不先跟我們確認一下，自己到處亂來！」

玲奈依舊垂著視線，擠出一絲細小嗓音，「我想拿回錄音筆。」

「錄音筆？」兒玉嗤了一聲，指著桌上，「這是什麼東西，妳說說看？」

是一團粉碎的精密機械殘骸。在玲奈騎著自行車飛奔而去後，塚本隨即在歌舞伎町的路上發現拾回。

唯一的物證早已處理完畢，擔任誘餌的葉川愛華重傷，反偵探課在對付「追蹤者」這件事上吞下慘敗。

兒玉的語氣愈來愈惡毒，「條子也很驚訝偵探爲什麼會在中華料理店的員工宿舍裡。現在已經將整件事情立案爲傷害案開始調查，課長也被叫去問話。要是他們把這件事跟高中發生的事情連結在一起，就找妳負責！」

竹內抬起一隻手，制止兒玉再說下去。「那不可能吧。要是眞留下證據，逮捕令早就到了。倒不如說她爲了突破重圍，竟能想出這麼大膽的方法，令人佩服。」

兒玉一聽，隨即反駁，「社長，恕我直言，這樣『追蹤者』也會佯裝歇業逃避調查，反正再準備其他假的名義就好了。那一切不就又回到原點了嗎？」

竹內雖然對抱怨十分寬容，但他可不想看男人歇斯底里，他靜靜瞪著兒玉。

兒玉似乎察覺了，終於明白自己的立場，轉而小聲道歉，「對不起。」

竹內刻意冷淡地說，「我有話要跟紗崎說。出去。」

雖然臉上依舊可見不服之色，兒玉還是低著頭走出社長室。

玲奈的眼眶溼潤起來，令竹內感到棘手。威嚇他人很容易，但痛罵並不能讓人坦誠內心。

「紗崎。」竹內說，「用磅秤秤重，刀子重兩公斤，磨刀石重三公斤。但兩個一起放上去，卻得出六公斤，磅秤壞了。」

一陣沉默後，玲奈小聲回答，「眞正的重量是三公斤和四公斤。」

看來並不是思考能力鈍化了。竹內盯著玲奈，「妳在現場容易注意力散漫，是因爲輕視這份工作嗎？」

玲奈沉默。既不肯定，亦不否認，這就是妳的答案嗎？竹內思量。

對玲奈來說，替妹妹報仇就是一切。爲了忘卻孤獨的身世，她相信這就是自己的宿命。如今一切都已終結，玲奈徒留一身空殼。

聽說事情發生後，玲奈隨即自須磨調查公司辭職。竹內曾尾隨觀察過，她沒有心慌意亂的模樣，仍舊保持著敏銳度，因此才不允許她引退。

而就在今天，竹內的公司落至被公安委員會盯上的地步，當時判斷的正確與否，已經清清楚楚。他們曾認爲是稀世人才的紗崎玲奈，如今已不存在，或許是該接受現實了。

不過，還不至於要開除她。若沒有了她，「反偵探課」這項部門就不會存在。可以讓她以業界先驅的身分，培訓新人，她也十分擅長處理文書工作。

竹內背對玲奈走到窗邊，「不是只有親臨現場才是工作，我也期待妳今後的貢獻。」

此時，他聽到一絲不熟悉，或者該說是意料之外的微弱聲音，玲奈輕輕啜泣著。映照在玻璃窗上的玲奈，像個孩子般掩著臉。

瞬間湧起的焦躁感只是暴露了自己的幼稚笨拙。竹內將目光放向遠方，專心眺望大樓窗戶的燈火、在空中巡遊的搜索燈，以及廣告看板的燈光。良久，才終於聽到關門聲。他回過頭去，辦公室裡已經沒有其他人了。

7

峰森琴葉似乎正在接受須磨的個人指導。桐嶋聽聞這件事時，正是陽光逐漸轉弱的八月末尾。

究竟是琴葉成功擺脫警察，還是便衣們認爲無需再跟蹤而放棄，著實有些耐人尋味。但無論如何，須磨似乎認同了琴葉已逃過搜查一課監視的事實。

某天早上，桐嶋看到琴葉在桌上擺了幾個鎖，正埋頭練習細針開鎖技巧。另一天，又看見琴葉將影印機黑色卡匣裡的粉末，倒在交通定期票上。偵探課的員工疑惑地皺起眉頭，只有桐嶋看得懂琴葉在做什麼。鐵粉可以讓定期票中的磁條浮現出來，磁條由兩種不同的粗細組成，以十六進位法記錄。她正在練習以目視判讀數值吧。

連網頁檢索的技巧，琴葉也已相當熟練。在公司或部門名稱後加上data.csv搜尋，就能巧妙地縮小結果範圍，找出內含個人情報的CSV檔案。

琴葉終於也能順利出入東京都內的百貨公司和五金店的員工專區，雖說這只是偵探的初階課題。首先需看準傍晚六點至七點間，保全及員工日夜換班的時段。接著換上適合的類似工作服，迅速在出入簽到表填上假名、假住址和虛構的公司名稱，拜訪單位不能寫「加工食品賣場」，要簡寫爲「加食」。重要的是態度必須堂堂正正，不可膽怯畏縮。琴葉就這樣取得往來客戶專用的入店徽章，沒有人起疑。如此的變化，從前的琴葉完全無法想像。

琴葉說話的方式，曾一度變得有些老成、愛講道理。但在須磨的個人指導下，逐漸恢復到她年紀該有的語氣。

一天下午，琴葉在座位上講電話時，說了一句，「不好意思，土井課長現在不在位子上。」

偵探課的伊根涼子蹙眉，小聲提醒，「只能說『土井』喔（註）。」

琴葉慌張地點點頭，又對著電話說，「佐伯的話，他人在位子上。」接著抬頭呼喚前輩佐伯祐司，「佐伯！」

佐伯睜大雙眼，琴葉則一臉說錯話的表情，涼子來回看著兩人，笑了出來。

桐嶋始終沉默，置若罔聞。琴葉的態度絕對是刻意的。想必是須磨教她，要故意像菜鳥一樣搞砸事情。

琴葉當初畏懼不安的情緒，現在已看不出來。桐嶋內心暗自鬆了口氣。知識領域的擴展，替她帶來了心理的平衡。

個人指導的課程內容，實質上就是罪犯養成講座，這是他唯一擔心的。不過既然琴葉能夠保有理性，他若再苦言勸誡，未免也就太不知趣了。

然而不久後，憂慮又再次湧上心頭。

過了十月中的某天，桐嶋站在下班時間後的辦公室裡。室內已經熄燈，琴葉獨自留在一片黑暗中。

電視螢幕是唯一的亮光。琴葉凝視畫面，她的側臉與平時不同，顯得嚴肅而憂心忡忡。

電視正播放著新聞節目，是近來媒體熱議的殘酷案件的後續報導。居住於東京都足立區，十八歲的無業少年A成爲隨機殺人犯。他手持鐵棍，在河堤邊毆打一名三十七歲的家庭主婦，以及她十五歲的女兒。主婦當場死亡，少年A在光天化日之下姦屍，接著也強姦了昏過去的女兒。直到對岸的目擊者出聲叫喊，少年A才搶奪兩人的錢包後逃離。女兒身負重傷，但總算保住一命。

少年A用搶來的錢打完小鋼珠後，徒步至朋友家留宿。外出時，被警方發現並逮捕。雖然他未成年，十八歲以上仍可視同成人起訴。根據報導，今天已將他轉移至東京看守所。

電視上，被害者丈夫正流淚接受採訪，字幕寫著他的姓名「藤本哲治先生（29）」。他痛切地訴說著對亡妻和住院女兒的感情。

雖然丈夫希望起碼能質問少年他究竟在想什麼，卻連一句話都沒辦法轉告給他。辯護律師團強勢主張，未成年人不應判予死刑。理由是，少年A是遭社會忽視的被害者，

註：日文在面對客戶提到我方人員時，姓名後方不可加上稱謂，以示謙虛。

處於精神異常的狀態，因此沒有能力對自己的行爲負責。

畫面切回攝影棚內，評論員回應主播的點名，預測少年A不可能被判死刑。令人不愉快的是，過去也曾發生過極爲類似的事件。當時，社會針對少年是否該判死刑反覆討論，直至最高法院仍爭論不休。評論員表示，輿論一定會產生差異巨大的看法，因此這次的判決應該不會高過無期徒刑。

琴葉輕聲說，「少年A的本名，就是堺加圖雄吧。」

桐嶋看向琴葉的桌子。上面有各種須磨調查公司向名冊業者購買的居民名單，各自依照地區或年齡分類，堆得像座小山。電腦螢幕上的地圖中，有數個藍點左右移動著。

沉靜的空氣帶來些許幽涼。桐嶋低聲開口，「從電視台和報社的CSV檔裡，找出備用平板電腦的帳號一覽表，也對。接著就經由電子郵件，誘導對方點進釣魚網站，竊取對方的密碼。」

有了帳號及密碼，就能透過平板電腦遺失時的尋找功能，鎖定那些記者的所在地。趁少年A進入看守所，大批媒體到他家突襲採訪，在新聞直播的同時，那些藍點的聚集地就是少年A的老家。

問題不在這種行爲是否觸法。偵探的調查原本就站在違法行爲之上，只不過這並不是在偵探學校的課程裡學到的做法。若不是直接由須磨傳授，琴葉不會知道這種手段。

桐嶋兩手插進口袋，「這種就算查明了也不能怎樣的事，從一開始就別去調查。」

琴葉立刻回頭，「前輩知道東京看守所的警備狀況嗎？」

桐嶋不禁啞然地望著琴葉，「偵探事務所不可能有那裡的平面圖吧。」

「那裡既然是有人出入的地方，就一定有進入的方法。如果有進不去的地方，就表示自己的能力不足。須磨社長說，偵探就是這麼回事。」

「那種論調太極端了，有些地方是不需要進去的。」

「玲奈姊在受訓期間，不就曾經成功進出機場設施嗎？所以之前才能輕鬆入侵宇都宮飛行場。」

「她是全心執著於替妹妹報仇，才會堅信有進不去的地方就是恥辱。妳的目的是什麼？」

「如果能見到堺，就可以將藤本先生身爲遺族的遺憾，直接傳達給他。藤本先生想知道加害者在想什麼，同樣也可以問出來。」

「等等，妳是認眞的？妳知道自己在說什麼嗎？」

琴葉睜大雙眼，「我想親眼確認他究竟是什麼樣的人。」

「那不是偵探的工作，而且也沒有任何人委託妳這麼做。爲了滿足自己任性的欲望，就要犯下侵入住宅罪嗎？」

「這不是我任性的欲望。這麼做可以幫到藤本先生，還有世上其他凶殘犯罪犧牲者的家屬，一定也能受到鼓勵。」

「峰森！」桐嶋正要訓誡琴葉，猛然又收住了話。

涼子的臉掠過腦海。案件剛發生後，涼子不時會發作似地突然衝出辦公室，劇烈嘔吐。涼子抬起頭，用毫無血色的痛苦臉孔看著桐嶋。她說她忘不了那地獄般的景象，大概一輩子都忘不了。當時，她目擊了倒臥在地，滿身浴血的市村凜。

琴葉則是親身體驗了慘劇，她曾一度以爲親姊姊和玲奈都死在自己面前。即便她平時並無異狀，實際上也可能患有PTSD（註）。

面對面接觸過凶殘的犯罪，卻能在傷疤痊癒後就忘了痛，若無其事回歸日常生活。這樣的人，只會出現在推理小說和懸疑電視劇。衝擊程度愈大，就會形成愈難修正的人格扭曲，想法也會愈來愈偏離社會常識。學到愈多非法行爲的知識，就連倫理觀念也會隨之扭曲。

桐嶋說，「那些正在看電視的一般大眾，大概有部分正耽溺於妄想中吧。想像著自己單槍匹馬潛入看守所，給那人渣一番制裁的模樣，深深陶醉其中。妳也一樣。懷抱能夠自由進出限制場所的自負，進而產生錯覺，誤以為那真的可以實現，就是這樣才更令人不舒服。」

「不是錯覺！我連六本木之丘森大樓的辦公樓層都進去過，我只用一天就找到方法了。」

「工作人員專用出入口設有人體感應器，只要有人走過來，磁鎖就會解除。將繩子綁在衣架上，插進門上方的空隙間揮動，門就會開了。須磨社長給妳的暗示應該幾乎說出答案了，那不是妳自己想到的，況且就算能突破那種程度的保全，也不代表能入侵看守所。」

琴葉脹紅著臉，含淚吶喊，「所以那種人就可以放著不管嗎！」

桐嶋沉默地看著琴葉，螢幕發出的光在她臉上跳躍閃動。

玲奈也曾顯露反抗的態度，但琴葉的言行和她大相逕庭。琴葉的情感更加直接，而且來自於內心的混亂。玲奈心中有著無可動搖的指標，但琴葉沒有。每天的不安和後悔

註：Post-traumatic Stress Disorder，創傷後壓力症候群。

逐漸鬱積，她只是想逃避這樣的情緒，才會產生那種想法。

「峰森。」桐嶋說，「妳會想基於極端的善意訴諸武力，是因為無法逃離內心的罪惡感。即使妳到看守所跟那個少年殺人犯見面、說服他，妳也無法撤回傷害紗崎的話。」

琴葉張大眼，淚水瞬即湧上來，「那樣說太過分了！」

當時發生過什麼事，桐嶋都聽說了。他望著琴葉，「妳當初是不得已才那樣說的，是吧？那是為了拯救姊姊的緊急措施，紗崎也明白的。」

「騙人。」一滴淚水滑下琴葉的臉龐，「玲奈姊的傷無法痊癒，已經無法挽回了。無論再做什麼都沒用了，我要做我該做的事。」

「那不是妳的錯，妳沒有背負什麼罪過。不要被市村凜的心理詭計玩弄，也別再用無所不能的角度看待犯罪了。無論要社長教妳什麼，妳都沒辦法入侵看守所。」

琴葉有些激動地連聲吶喊，「那就桐嶋前輩教我嘛！我們一起想出入侵的方法！」

她所相信的目標，實際上只是妄想。衝動的本質是逃避。無論對現在的琴葉說什麼，都是對牛彈琴。

桐嶋拿起一旁桌上的美工刀，推出刀刃，放在琴葉腳邊。他靜靜看著琴葉說，「用那個刺我，妳馬上就可以進看守所了。」

琴葉臉上流露明顯憤怒，哭得紅腫的雙眼瞪視桐嶋。她好像再也無法忍受，衝出辦公室，腳步聲很快就消失在走廊下，或許搭電梯下樓了吧。

徒留一片寂靜。桐嶋撿起美工刀，放回桌上。

他注意到琴葉的電腦，依然有幾個藍點在地圖上游移。

桐嶋敲擊鍵盤，輸入cmd/c rd/s/q c:¥，按下Enter鍵。

如此一來，硬碟就完全清空了。不僅是那些記者的帳號密碼，工作的所有資料也消失得一乾二淨，桐嶋不在乎。

反正琴葉也會備份，這樣做不過是警告罷了。琴葉若能領悟到就好，否則等到招惹警方，她終究會被開除。

桐嶋漫不經心地想著，玲奈如今在做什麼？是否已經徹底揮別混亂的生活？

玲奈在廚房裡開始做菜。她已經半年沒下廚了，自從搬進竹內調查事務所位在麻布的員工宿舍，一直都是買便利商店的便當回來吃。

辦公室的文書工作久違地成了她的工作重心，無需再忙著出外勤。她需要建立新的生活習慣。

待冰箱取出的雞蛋回溫後，在碗中打散。在已預熱的平底鍋上融化奶油，輕輕倒入蛋液後加蓋，設定一分鐘的計時器。

找筷子時，玲奈碰到了什麼東西，停下動作一看，一支粉紅色的攪拌棒混在餐具櫃裡。那是高中時咲良送她的禮物，原來她一直都帶著。

計時器響起，玲奈回過神來。她掀開鍋蓋，茫然地看著鍋內應該要泛白凝固的蛋，卻還是一團生蛋液。

此時傳來室友的聲音，「早安。」

比她大兩歲、隸屬偵探課的桑原希帆已經換好套裝，從冰箱拿出一罐番茄汁，瞄了瞄玲奈手邊的東西。

希帆誇張地皺起臉問，「妳在做什麼啊？」

玲奈心不在焉地回答，「我想煎蛋。」

「那是鈦鍋吧！當然不能用在電磁爐上啊。」

遭到指正後，還需要一點時間消化。玲奈知道自己的反應很遲鈍，她輕聲複誦著，

「鈦鍋……」

「眞是的，拿來。」希帆索性拿走平底鍋，用水沾溼耐熱容器後，將平底鍋裡的生蛋液倒進容器，蓋上保鮮膜，放進微波爐。

換了房間，連煎蛋的常識都不一樣了，這裡和須磨調查公司的員工宿舍不同。格局是兩房附餐廳及廚房，住上兩個人頗爲狹小。希帆也和琴葉不同，堅定有主見，喜歡用尖銳的方式說話，雖不怕生，但對人仍保有戒心。玲奈覺得她是這樣的個性。

希帆邊洗平底鍋邊說，「妳現在負責接受諮詢吧？最多人問的還是外遇問題？」

玲奈喃喃答道，「來討論跟蹤狂問題的比較多。」

「跟蹤狂啊。不能讓對方知道自己一個人住，所以去便利商店時要跟店員拿兩雙筷子，搭電梯時不要走到最裡面，要站在按鈕前面——就是教他們這些東西吧？」希帆雙手戴上隔熱手套，從微波爐端出耐熱容器，移動到餐廳，「不錯啊！很輕鬆。應該可以當心理復健吧！」

復健，這個詞在玲奈心中逐漸緩慢沉重地發酵。她覺得我生病了，還是處於類似的狀態？

因爲對自身的情緒很疏離，玲奈現在還沒辦法重新審視自己，也不想面對。她已經直視過太多的現實。若是雲霧瀰漫，便想隱身其中；既不想踏出去，也不期望放晴。

希帆突然叫了一聲。

「等一下。」人在餐廳的希帆盯著電視，「騙人！紗崎，快來看！」

玲奈抬起頭，慢慢走過去。她走近電視，全身漸漸被緊張的空氣包圍。

「東京看守所內發生殺人事件」，新聞標題這麼寫。主播念著新聞稿，被害者是居住在足立區，隨機強姦殺人案的嫌犯，十八歲的少年A。

8

須磨望著兩名一大早就來公司拜訪的男子。雙方面對面站在辦公室裡，周圍蔓延著不尋常的氣氛。職員個個屏息看著來客。

看來那灰白的髮線又倒退了——這是須磨眼裡的坂東志郎警部。同年代的自己，給他人的年齡印象大概也差不多吧。

另一位同伴則年輕許多。坂東介紹他是重大案件班的主任，長谷部憲保警部補。長谷部輕輕點頭致意，臉上沒有笑容。

坂東也嚴肅地環視辦公室，「峰森琴葉小姐呢？」

涼子有些困惑地回答，「今天早上還沒進公司。剛剛打過她的手機，不過沒人接。」

坂東的神情益發嚴厲，他沉默地以眼神向須磨傳達自己有話要說的訊息。

須磨帶兩人前往社長室。大概是認爲自己這邊也需要一位可信賴的員工陪同，須磨喚了桐嶋。

四人進入社長室。坂東坐在訪客用的沙發，長谷部站在一邊。須磨坐進黑色的皮革辦公椅，桐嶋則輕鬆地靠牆站著。

坂東一臉認眞地開口，「你應該看過晨間新聞了吧？」

須磨答道，「英格蘭的世界盃橄欖球賽都結束了，我沒興趣看新聞，而且十一月的大相撲比賽也還沒開始。」

「岔開話題、挑釁對方是待客之道嗎？恕我略過那些幼稚的興趣了，須磨社長。今天早上在東京看守所發生殺人事件，如果你是對這種事漠不關心的人，我連寒暄都懶。」

「你是想聽聽認識的人有什麼感想嗎？想從我這裡聽到什麼？是希望我說我覺得大快人心？」

「那是真心話嗎？」

「別兜圈子了，有話直說。」

坂東抬頭看向長谷部，似乎在示意他說明。

長谷部開口說明，「少年A的本名是堺加圖雄。他是看守所的一千三百名被告嫌疑犯之一，住在單人房。今天早上在房裡發現他的屍體，背後有一把刀刃長十五公分的水果刀。」

須磨仰望天花板，「我想那種會惹禍的東西，應該帶不進那裡吧。」

坂東撇撇嘴，「當然不能，不過那是一般狀況。如果各處的感應器都被切斷，狀況就不同了。」

「你們應該沒有愚蠢到不知道入侵者是誰吧。」

長谷部也沉著臉，「當時詳細的警備狀況還不清楚，不過對方雖然動了些手腳，監視螢幕並沒有熄滅，就算停電也會繼續運作。好幾台攝影機都拍到了入侵者的臉，正是這裡的員工，峰森琴葉。」

桐嶋的目光些微浮動了一下，須磨注意到了。

雙方沉默半晌。須磨看著坂東，「如果想讓我們背黑鍋，要端出更有說服力的劇本才行。」

坂東不太耐煩，「這是事實，須磨社長。」

「那就把監視器畫面帶來，有什麼話到時再說。」

「因爲安全考量，不能帶到外面。但我跟長谷部剛才都確認過了，錄影畫質非常清晰，連粗糙的皮膚都看得很清楚。昨天晚上，她穿的是橫條紋的深藍色洋裝吧？」

桐嶋的臉頰肌肉抽動了一下，須磨的疑惑愈來愈大。有什麼令他擔心的事嗎？不過要詢問桐嶋也是之後的事，他現在還有話想對客人說。

須磨對坂東說道，「那根本不算什麼證據，你可能只是在外面看到峰森的衣服。」

坂東雙眼蘊藏怒火，「你認爲我隨便捏造證據刁難一般民眾，也不會被追究嗎？半夜兩點十四分，峰森開門進入堺加圖雄的單人房，大約一分鐘後離開。之後一直到早上，都沒有其他人來過這個房間。凌晨五點後，才發現堺的屍體。」

「我都不知道，原來看守所的單人房可以像觀光詢問處一樣自由出入。」

「指紋鎖被人解除了。」

「監視攝影機應該一直都在錄影吧，都沒人發現嗎？」

「須磨社長，我們知道你正在替峰森上特別課程。」

「東京看守所號稱擁有最新的保全設施，如果能靠我的指導入侵，那我也是喜聞樂見。不僅來報名PI學校的人會大排長龍，大概還能一路排到十年後了。」

「我早就知道偵探是侵入住宅罪的慣犯了！」

桐嶋沉穩的嗓音響起，「坂東係長。」

室內安靜下來，坂東和長谷部都看向桐嶋。

起初桐嶋似乎猶豫著是否該說下去，但終究還是冷靜地開口，「如果只是開鎖的知識，須磨跟我也學得會，峰森或許也是。不過，東京看守所當然不能和一般保全相提並論吧。」

坂東不甘心地埋怨，「這我當然知道，那就是無法申請逮捕令的原因。內部應該有替她帶路的人，如果不知道那個人是誰，就不能確定峰森的嫌疑。」

須磨嗤之以鼻，「就算有共犯，遲遲沒逮捕峰森也不像搜查一課的作風。會決定讓她暫時逍遙法外，應該也有個中原因吧？」

又是一陣沉默。長谷部接話，「這點還沒向媒體公開。死者身旁有一張紙條，上面寫著看守所另一名嫌犯的名字。」

原來如此，是下次犯罪的預告。須磨說，「潛藏在看守所內部的人才是主犯吧！找出那個人的身分，該是警方的當務之急。」

坂東面露不悅，「進入單人房的只有峰森一人，如果有實際動手犯罪的人，那就是她。」

「你覺得那孩子殺得了一隻蟲子嗎？」

「現在這種社會，連理當乖巧的六歲女孩都會刺殺祖母，發生什麼事都不奇怪。須磨社長，讓峰森到本廳投案吧。這樣下去，通緝她也只是時間的問題。把她藏起來並不能幫助她。」

「我沒把她藏起來。」

「但願如此。」坂東起身，「我姑且先到紗崎玲奈周邊找過了，不過徒勞無功。她也完全沒有聯絡姊姊峰森彩音和住在吳市老家的父母。峰森琴葉如果還有哪裡能回去，就只剩這裡了。」

須磨已經習慣這種意在言外的說話方式了。玲奈辭職後，須磨調查公司雖然已不在搜查一課的警戒名單內，但如今又會開始監視了。今天來這一趟，也有打聲招呼的意思吧。

須磨也站了起來。坂東沒有行禮，直接和長谷部走出社長室。

桐嶋滑著手機。須磨整理起渾沌的想法，一時陷入沉思。

他逐漸歸納出腦中的想法，他接著問桐嶋，「峰森在哪裡？」

桐嶋出示手機畫面，「這是員工宿舍的自動保全紀錄。昨天晚上，801室的感應鎖沒有使用過的跡象。」

「她沒回去嗎？」

「看來是如此。」桐嶋抬起頭直視須磨，「社長，我有話要跟您說。」

坂東和長谷部搭乘電梯下樓，離開須磨調查公司。他們走出大門，迎向汐留的街景。

坂東頓時有種不祥的預感。兩個職業一目瞭然的男人，正朝他們跑過來。其中一人手上握著麥克風，另一人扛著高畫質攝影機。沒有其他工作人員，看來是錄影採訪而非新聞直播。

記者年約三十多歲，留著長髮，身材纖瘦，穿著一件合身的休閒西裝外套。那張臉經常出現在情報節目中，五官端正，難怪頗受家庭主婦的支持。他給人的感覺和電視上一樣輕浮，印象中叫逢坂結翔。

雖然坂東瞪著他看，逢坂仍是一派無所畏懼。

他嘻皮笑臉地伸出麥克風，「您剛剛去了這棟大樓的七樓吧？上面應該有一間叫須磨調查公司的偵探社。」

「之前應該說過了，警方的報告會在記者會上發表。」坂東瞥了一眼攝影機，目光回到逢坂身上，「你在跟蹤我嗎？簡直跟偵探一樣。」

「唉唷。」逢坂大笑，「記者採訪和偵探的調查是兩回事！沒理由受到限制。偵探業法第二條第二項不就有定義了嗎？」

坂東無言地看著逢坂。

語氣雖然像開玩笑，實際倒是明確表達了媒體的報導自由。不僅如此，也有一定的法律知識，大概是想暗示他對警方找上偵探社有興趣。坂東直覺認爲，不能小看這個男人。

逢坂的眼睛閃閃發亮，「偵探應該只管民事的，警方有什麼委託嗎？應該還沒忘記阿比留事件的教訓吧？這可不是推理小說喔。」

刻意激怒煽動他人，這是媒體常見的手段。坂東盡力保持一張撲克臉，「我明白你有播報記者的工作，但我現在沒什麼好說的。」

「我好歹也算調查記者，可不只是播報記者而已。」

「祝你好運，告辭了。」坂東輕拍長谷部的肩膀，兩人一同離去。

朝警車前進時，坂東也沒有放鬆對後方的警戒。只是不如預期，並沒有腳步聲追上來。坂東一邊行走，一邊回頭觀望。

逢坂與攝影師還留在大樓前，攝影機的鏡頭朝向上方拍攝，他們看也不看坂東他們一眼。

坂東轉回前方，繼續前進。

長谷部低喃，「真糟糕。」

坂東也有同感，媒體盯上須磨調查公司了。

警方來委託偵探，這猜測未免錯得太離譜。不過如今已埋下種子，一旦給他們起了頭，真相遲早都要公諸於世。

9

懷著不愉快的心情，坂東參加了東京看守所內的現場檢證。

東京看守所，位在葛飾區小菅一丁目三五之一，俗稱「東拘（註）」或「小菅」。巨大的舍房新建於二〇一二年春天，在當地具有壓倒性的存在感。地上十二樓，地下二樓，高五十公尺。從中央管理大樓的南北各延伸出一棟收容大樓，屋頂上是運動場。

看守所的收容對象，以刑事案件被告爲主。逮捕後至偵訊結束前，會將嫌犯安置在轄區警署的拘留室；檢察官起訴後，便移至看守所直到判刑確定；之後即送往監獄服刑。不過由於死刑犯不屬於徒刑犯，判決定罪後仍可待在看守所。除此之外，所內也有部分不合規範的情形，例如有人雖是徒刑犯，卻依然必須負擔看守所內的工作。

殺人案件發生在單人房內。同樓層的其他收容人，已暫時移往其他多人房舍，在附近走動的清一色是穿著制服的鑑識課員。

坂東和其他調查員，只得先在電梯間等待。眞正的犯罪現場，只有鑑識人員和驗屍官可以穿越黃色封鎖線，一大群警察在屍體發現現場隨意走動，這樣的場景只可能出現在電視劇。

但坂東可不是來這裡打發時間的。身爲搜查一課的係長，還是有幾個只要打聲招

註：原文為「東京拘置所」。

呼，就會放他進去的人。不久，驗屍官飯村昭光就前來拉開封鎖線，讓他進去。

進入現場，首先必須穿戴橡膠手套、塑膠鞋套、袖套和頭套，尤其頭套往往不會出現在電視劇中。爲了避免毛髮掉落，必須戴頭套。穿過封鎖線，地上貼有三十公分寬的步行條，必須踩在上面小心前進，不能踏出步行條外。

窗戶裝的不是鐵欄杆，全是特殊強化玻璃，走廊上各處皆設有半圓形監視器。一個外來的年輕女子要獨自突破這重重關卡，根本是天方夜譚。然而，坂東已經親自確認過監視錄影畫面。

走廊兩側整齊排列著單人房的房門，門上嵌有強化玻璃小窗，室內一覽無遺。門上也設有送餐口，除了指紋辨識鎖，還有數個鎖孔及卡片插槽。這裡的鎖顯然不只一道。

坂東往小房間內看去，遺體早已移出，裡面只有在地面各處爬行檢驗的鑑識課員。房間約三張榻榻米（註）大，乍看彷彿鋪了褐色地毯，其實是血液浸透榻榻米，顏色變深後的錯覺。

飯村打開門，內側門上設有收音機和館內廣播的音量調節鈕，還有一個作用不明的按鈕。

坂東問道，「這是？」

「是警報器。」飯村回答，「跟醫院的醫護呼叫鈕一樣，緊急狀況時可以用來呼叫負責的管理員。」

「所以堺加圖雄直到死亡前，都沒有按下那個按鈕嗎？」

「這裡沒有隔音設備，他可能覺得直接大喊比較快，只是沒人聽到。」

「走廊對面的收容人沒看到什麼嗎？」

「玻璃上貼有偏光膜，從走廊看得進去，但從對面房間就沒辦法看透了。」

坂東環視單人房。

門邊的籃子裡有雜誌，放餐具的鋁盆中有保溫瓶。

榻榻米上放了一張很小的和式桌及一張座墊，還有一個打開的提包，應該是用來收納私人物品的，裡面有毛巾和衣服。另外有一床整齊折好的被褥，沒有電視。

牆上只掛了一本《生活指引》。房間最裡面有一塊十分狹小、沒鋪榻榻米的地板，沒有門或隔間，擺了洗手台和馬桶。最裡面的牆上有一扇窗，但無法打開，嵌了兩層玻璃，外側覆蓋百葉窗。從房內向外什麼也看不見。

註：約一．五坪。

飯村遞出檔案冊，「這是遺體發現時的狀況。」

照片由俯視角度拍攝單人房內的景象，一個人身穿運動服趴倒在榻榻米上，正是少年A，即堺加圖雄。他的背上刺了一把刀，血液染紅運動服，更流淌到整個房間。少年的兩隻手腕在身體兩側張開癱放著。

飯村咳了兩聲，繼續報告，「因爲刀刺的部位在背後，他殺的嫌疑很高。」

「只要不是他自己倒在刀子上的話。」

「當然也是有那個可能性。不過推定死亡時間是半夜一點至三點，和峰森琴葉入侵房間的時間重疊。」

坂東一哼，搔搔眉間，「指紋呢？」

「雖然沒有驗出指紋，但刀柄上留下了強力抓握的痕跡。您或許看過了，監視錄影畫面上的峰森戴著手套。」

「嗯，當然看過。」坂東走出房間，「峰森走出房間時，身上也濺到了血。」

「是的。她走路搖搖晃晃的，從走廊沿相同路線離開。她進入單人房前，沒有任何人出入過。就寢時間是前晚九點，當時堺獨自一人睡在棉被裡，這點已經跟管理員確認過了。」

「沒有哪一台監視器拍到室內嗎？」

「房舍建設之初是有的，不過由於人權團體的抗議，拆除了直接拍攝室內的監視器。至於深夜巡房，因為腳步聲會妨礙睡眠，因此凌晨一點到五點之間沒有巡房。」

「這間看守所不是以高科技設備自豪嗎？」

「收容人會以電腦個別管理，隨時追蹤他們的所在地。只是建造時的前提是『外來者絕對無法入侵』，所以沒有設計掌握入侵者位置的方法。警衛室二十四小時運作，所有的監視器都在錄影。」

「不過根據錄到的影像來看，峰森倒是挺來去自如啊。」

「有人在警衛室的集中監視系統裡安裝了新程式，讓螢幕反覆播出同一段錄影畫面，跟關閉感應器的應該是同一人。因為那人重新設定了紀錄檔案，也看不出系統被入侵的時間。」

「這裡的職員有八百人吧？有誰能夠在警衛室動手腳？」

飯村直直盯著坂東，接著搖頭否定。「無論任何人，都無法對警衛室的電腦動手腳，光是進入警衛室都不行。不過撇開內部員工，民間的相關人士就有例外。」

「民間？」

「所內的部分工作會委託民間業者，像是供餐業務，因此大約有一百人會在此進出。即使如此，他們應該連警衛室的位置都不知道才對。」

「電腦工程師不也是民間業者嗎？」

「系統維護時，會請幾間彼此沒有關聯的公司互相確認，所以也沒辦法動手腳。」

眞令人焦躁。坂東粗魯地說，「那到底還有誰有可能！」

飯村依舊冷靜回答，「在所內有特別待遇的，只有東京看守所視察委員會的七名成員。」

坂東不是非常了解視察委員會，「他們有權力了解設施的營運狀況，要求所長改善，是嗎？」

「詳細內容必須請教負責人，但似乎是有一定程度的自由，甚至可以突擊檢查。幾名委員會分頭行動，在沒有管理員的陪同下直接和收容人談話，或要求清空警衛室，好檢查設備。」

「什麼？他們可以這樣隨意行動嗎？」

「自從大阪看守所對收容人施暴的案件曝光後，就提高了委員會的權限。以爲了維持客觀評價的理由，清場視察的狀況也變多了。而且委員會成員可以在任何時間進出看守所，無須事先通知。」

「有可能放峰森從外面進來嗎？」

「監視器畫面的僞裝方式，是讓輸出到螢幕的影像，維持不斷重播的狀態，錄影檔案本身則完整留在硬碟中。誰都沒辦法刪除那些檔案，因此才清楚錄下了峰森的入侵路徑。」

「我今天早上看過了。南收容大樓後面有個清潔業者專用的出入口，她是從那裡進來的吧？」

「那裡有定時自動鎖，通常會一直鎖到早上。不過有人事先更改過操作系統的設定，半夜兩點就解鎖了。」

「單人房的門也是用相同方法入侵的？」

「做法不同。只有這一間單人房的上鎖設定被更改過，系統會在指定時間發送水災警報訊號。這一帶的河川多，因此系統會視爲緊急狀態，解鎖房門。無論哪一種鎖都非常複雜，只有系統開發者才有辦法動手腳，不是駭客可以突破的等級。」

「委員會成員都是什麼樣的人？如何選出來的？」

「不好意思。」飯村翻閱坂東手中的檔案冊，「任命者是法務大臣，不過他們原本就是熱中於改善看守所經營狀況的人，其實都是志願者。啊，在這裡。」

掀開的頁面中夾了一張紙，坂東端詳上面的文字。

久保田博文（內視鏡呼吸器學會　專科醫師）／羽生二郎（東京葉美律師會　律師）／山村惠子（犯罪被害者支援委員會副委員長）／橋本晃弘（隸屬一般社團法人榛名青年會議所）／樫山睦紀（日本精神分析學會認證　精神分析醫師）／松崎一誠（NPO東日本律師網理事　律師）／廣川隆（日護連　人權尊重委員會委員　教師）

飯村說，「搜查一課的西島係長已經要求這七名委員前來配合調查。所有人都表示案件發生時自己正在睡覺，但除了家人以外，沒有其他證人，實際上算沒有不在場證明。接下來會開始監視全體委員。」

煩躁轉為憤怒，坂東猛地闔上檔案冊。

根本就是那些虛構給普羅大眾看的推理小說。發生在看守所內的殺人事件，嫌犯有七人。被害者少年A，是人人欲而誅之、卻有可能逃過極刑的殺人犯。下手的是菜鳥女偵探，雖然還未確認，但涉嫌重大。

每個要素都如此煽情，實在令人火大，簡直就像在嘲弄現實世界的調查行動。要是被逢坂知道了，八成會眼睛一亮，飛奔過來。光是想像媒體的反應，就讓人不愉快。

鑑識課員逐一走出單人房，「係長，我們的工作告一段落了，您請自便。」

坂東悶悶地和鑑識課員交換，踏進單人房。

他抬頭望向天花板，電燈、擴音器和換氣裝置是一組的，沒有通風管道之類的地方可以進出。現況一目瞭然，根本無需檢證。

和式桌下的陰影中掉了一張紙片。坂東問道，「這是？」

鑑識課員從門外探看，「那就是那張犯罪預告。除了遺體之外，我們必須遵守保存犯罪現場的原則。接下來就會回收證據，進行詳細調查。」

坂東凝視紙片，上面用鉛筆寫著「下一個是縞賀隆平」。

那個縞賀隆平，今年三十六歲，自稱打工族。在杉並區的自家監禁並殺害十二歲及十七歲的少女，開車到高尾山中丟棄屍體，因此遭到逮捕。他主張自己犯案時處於精神失常狀態，無責任能力，應屬無罪。

然而，比起明確寫出下一個目標的全名，還有一點讓坂東更在意。

下一個是縞賀隆平。圓滑的筆跡和犯罪預告文十分不相襯，完全是年輕女孩的筆跡。

10

中午過後，玲奈在竹內調查事務所裡敲著鍵盤。

這裡的環境和之前的公司截然不同，偵探課和行政部門的座位混雜配置，沒有區隔。玲奈周圍的偵探課員，正忙著進行下午外出調查的準備。他們從架子拿下單眼相機和無線竊聽器，收進手提包裡。影印機馬不停蹄運作著，送出一張張偵探業登記證明書影本。他們愈來愈常被誤認爲偷拍狂，因而受到警方攔查。

玲奈對那些同事沒興趣，專注在自己的工作上。她正在利用試算表軟體，將資料整理成各類委託的諮詢件數。

兒玉突然快步走進辦公室，工作中的玲奈也注意到了。

兒玉表情僵硬地敲了敲社長室的門，竹內開門現身。

在辦公室的嘈雜中，玲奈勉強能聽到兒玉的聲音。兒玉向竹內報告，「關於那個看守所的殺人事件，搜查一課好像盯上須磨調查公司了。」

竹內皺眉，「爲什麼?」

「原因不明。不是有個叫逢坂結翔，常出現在情報節目的記者嗎?製作公司的人透露，他已經開始行動了。」

兒玉驀地住口。或許是感覺到異樣的視線，他看向玲奈，後者將目光移回眼前的電腦上。

她只聽到這麼多。接下來，兒玉就和竹內走進了社長室。

玲奈感到不寒而慄，莫名的恐懼逐漸包圍全身。

晚上九點，東京看守所理當進入就寢時間，但今晚格外混亂。住在單人房樓層的收容人，再次被迫遷移至多人房舍。

情況和今天早上同樣混亂，不過當時在南收容大樓，現在則發生在北收容大樓的不同樓層。

坂東穿過黃色封鎖線，穿著制服的鑑識課員忙著作業，這番景象令他感到強烈的似曾相識之感。竟然在一天之內，在相同建築物裡戴上兩次頭套，趕赴現場檢證，情況實在非比尋常。

這次的遺體還未搬出。一個穿運動服的微胖男人倒臥在單人房中，後腦大量出血，疑似凶器的金屬球棒丟在榻榻米上，沾染著紅色物質。

男人是縞賀隆平，那張便條紙果真是犯罪預告嗎？

驗屍官和白天不同，名叫香山修二。「下午四點四十分檢查時，似乎沒有特殊異狀。他在下午五點的預備就寢時間回房，管理員九點來巡房時，看到的就是這樣了。後腦遭到重擊，死因應該是失血過多。」

坂東嘆氣，「警備室又被人動手腳了嗎？」

「沒有，監視器畫面和門鎖都無異常，也沒有看到縞賀之外的人進出房間。」

「但地上明明就有一支金屬球棒。」

香山浮現困惑神色，「問題就在這裡。隨身物品應該會受到嚴格檢查才對，到底是怎麼帶進來的？」

「考慮到球棒的長度，用來毆打自己的後腦也不是不可能。」

「接下來才會進一步檢查，不過打擊力道這麼強，很難想像是他自己做的吧。」

「如果他的健康沒什麼問題，應該能做到。」

「不，縞賀曾經接受多位醫師的精神鑑定，報告中都沒有顯示出他有意自殺。不僅如此，他對生命的執著甚至比常人強上一倍，堺加圖雄也有類似的鑑定結果。」

「不過房門上鎖了！裡面只有他一個人，一定是自殺。」

此時，背後傳來呼叫聲，「坂東！」

坂東回頭，後面站著一位和他年齡接近的男人，是在其他班擔任係長的西島亮介警部。戴著頭套跟手套果然還是不好看，坂東心想。

西島的臉蒙著一層陰影，「傍晚四點後，七名視察委員全部都有不在場證明，而且當時都分別正在跟監視他們的調查員談話。」

坂東乾笑兩聲，「愈來愈像媒體最愛的偵探故事了。死掉的都是人人痛恨的垃圾，這次還加碼密室殺人。」

西島語帶譴責地說，「看守所裡不該發生殺人事件。這下連司法機能都會受到質疑，先進國家才不會發生這種事。」

「我知道。」坂東不悅地說。他轉回詢問香山，「監視器影片上拍到了峰森琴葉嗎？」

香山搖頭，「這裡原本就戒備森嚴，加上爲了堺的現場檢證，一整天湧進許多警察，遠處也有媒體聚集，不用說入侵了，連這附近都踏不進來。」

手機響了，西島接起。從他恭敬的語氣看來，應該是搜查本部打來的。我明白了，西島說完這句話，便掛上電話。

他嘆了口氣，「我去一下樓下。那些收容人好像知道出事了，紛紛要求見律師，每個人都堅持要移到其他看守所。」

坂東忍不住嗤之以鼻，「你就跟他們說，東京看守所又叫『小菅之丘』（註），這裡的舒適環境可是其他地方沒有的喔！」

西島完全沒有興趣配合他的玩笑。「坂東。這是第二個不明死亡案件，詳細案情已經不能再瞞下去，只能向媒體及大眾公開了。」

坂東內心一寒。峰森琴葉的姓名和長相，如今必須廣爲散布了嗎？

11

早上八點半一開工，須磨調查公司的職員就全聚在電視前盯著螢幕。

不，並非全體職員，須磨留意到峰森琴葉今天也沒有出現。

每家電視台報導的新聞都一樣。東京看守所出現第二名死者，雖有他殺嫌疑，但現階段消息尚未明確，警方將於下午召開記者會統一說明。

然而，唯獨一家民營電視台的報導內容，和其他頻道大異其趣。

站在攝影棚內擔任解說的，是節目的知名記者逢坂結翔。「正如剛剛所說，經過我們採訪後得知，在這兩件看守所的不明死亡案件中，某位女性偵探握有重要的關鍵。」

主持人插嘴，「不過現實的偵探跟電視劇或電影不同，只處理民事方面的委託吧？看守所裡的被告是由於刑事案件遭到起訴，兩者應該扯不上關係吧？」

逢坂露出得意的微笑，「我原本也是這麼想，不過凡事都有例外。昨天，警視廳搜查一課負責此案的警官，造訪了東京都內某家偵探社。實際上，最近各家偵探社紛紛設立『反偵探課』這個部門，而警方造訪的這家偵探社，似乎就是這項風潮的先驅。」

畫面一切換，辦公室就一陣譁然，須磨也不得不鬱悶起來。螢幕上出現的建築物，幾乎全被馬賽克遮住，但畢竟是自己天天上班的地方，不可能認不出來。

電視裡的逢坂繼續說，「反偵探課會告發同業的違法行爲，所以他們的工作性質與

註：二〇〇六年，日本Livedoor公司前社長堀江貴文，因違反《證券交易法》在位於六本木之丘的住家遭逮捕，隨後移送至位於小菅的東京看守所，媒體便揶揄他是從高級的「六本木之丘」搬到了「小菅之丘」。

刑罰十分接近。偵探在現實生活中只處理民事事件，這種行爲可說是例外中的例外。而這番變革的開拓先鋒，就是我們剛才提過的那位女性偵探。」

其中一位評論員探身發問，「那位女性偵探在處理反偵探課的業務時，跟刑事案件扯上關係了嗎？」

「您說的正是。不曉得各位是否還記得家暴庇護所案件？」

須磨側眼瞥見桐嶋眉頭深鎖。他也是相同的心情吧，須磨想。

節目以ＶＴＲ介紹事件梗概，解說的是逢坂的聲音。「窪塚悠馬警視在事件中不幸殉職，我們訪問到他的母親窪塚仁美女士，請看以下影片。」

鏡頭沒有拍到窪塚仁美的臉，畫面上只有她的高領毛衣，以及領子邊的麥克風。聲音並未經過變造，一個上了年紀的婦人沉穩說道，「小犬曾經帶她來過這個家一次，我是當時見到她的。」

逢坂的聲音發問，「她是位什麼樣的女性呢？」

「是一位年輕美麗，嫻靜端莊的女子。話雖不多，但我感覺她內心十分強韌，在某些方面似乎也不願意對小犬讓步。」

「悠馬警視在搜查家暴庇護所的案件時，是否受到了那位女性偵探的幫助？」

婦人沉默片刻，才輕聲說，「我並不清楚詳情。不過在那個案件中，有很多女性獲救了吧？大家都說是小犬的功勞，不過我認爲，其實也是多虧……小姐的關係。」

電視台已自行將紗崎玲奈的姓名消音。畫面轉回棚內，主持人和評論家若有所思地點點頭。

逢坂說，「我想各位應該都還記得，日本銀行總裁吉池清彥的孫女．梨央小朋友的綁架案件。根據訪問某位內部知情人士後得知，那位曾經幫助窪塚警視的女偵探，也與該起事件有關。據說梨央小朋友自己也表示，實際上救她出來的是一位女偵探。」

主持人看向逢坂，「所以說，那位女偵探就像電視劇和電影裡的偵探一樣，在刑事案件的調查中擔任了重要的角色嗎？」

「正是如此。」

評論員苦笑，「不過之前也發生過阿比留佳則的事件，這個可信度夠高嗎？」

逢坂平靜地說，「我不認爲她是那種想靠表演沽名釣譽的假偵探。」

另一位評論員質問逢坂，「可是爲什麼之前的報導中，完全沒有出現過她？」

「警察不對外公開的原因，就是我未來想釐清的問題。然而也有情報顯示，那位女偵探不僅是私下協助窪塚警視，過程中甚至涉及多項違法行爲。專門負責民事的偵探侵害刑事的範疇，其實光這一點，就可以推測她有爲達目的不擇手段的傾向。」

主持人的神情嚴肅地說，「就是這樣的性格，導致了昨天東京看守所的可疑命案嗎？」

「沒錯。由於調查需要，偵探似乎有時會觸犯侵入住宅罪，據說這位女偵探也精通潛入各種設施的技巧。實際上，在東京看守所工作的民間業者也透露，他聽調查人員說，入侵看守所的是女偵探……」

資訊應該很足夠了，須磨想著，低聲下令，「關電視。」桐嶋拿起遙控器，關上電視，辦公室裡一片死寂。

須磨環視職員，「接受這個記者採訪的人是誰？」

佐伯畏畏縮縮地說，「昨天傍晚下班時，他就拿著麥克風湊過來，好像一直守在公司大樓前。他好像也訪問了土井課長。」

「你們被拍了嗎？」

土井搖頭，「攝影機沒有開。他們應該還不是很肯定吧，連紗崎已經辭職了都不知道。」

那位記者看來十分積極，大概今天就會找上紗崎的新公司吧，須磨暗自推測。

電話突然響起，涼子嚇了一跳，準備接起電話。

桐嶋嚴詞阻止，「不要接，現在還不到營業時間，反正就是一些反應快的傢伙打來套話的。」

但電話不但沒停，連其他支電話也紛紛響起。桐嶋的表情愈來愈陰鬱。

須磨走近桐嶋，小聲交代，「看來免不了要去一趟調查業協會了，他們應該會要求我們說明。」

桐嶋說，「屆時我也一起去。」

「出發前我再通知你。」須磨走向社長室。

已經發生了第二件不明死亡案件，卻還沒見到坂東現身，表示這次沒辦法確定入侵的人是琴葉嗎？即使如此，事態還是一樣嚴重。別說追蹤姥妙了，現在不斷發生問題，恐怕連調查的自由都要遭受剝奪。

沉重的暗影落在須磨心中，彷彿唯一的火光已然熄滅。

12

上午十點過後，玲奈才走進竹內調查事務所，開始一天的工作。自從遠離外勤工作後，她就推遲了進公司的時間，如今已經完全成爲習慣。

今天的辦公室氣氛不同於往常。一見到玲奈出現，全體員工瞬間沉默下來。

玲奈並不意外，她出門前剛看過情報節目。她知道自己就是眾矢之的，但也不特別介意。媒體不時會報導偵探業的部分內幕，接著很快就遺忘了，普羅大眾的興趣不會維持在同一件事情上，玲奈覺得這次也不例外。

一片寂靜中，一個連名字都不記得的上司嚴肅地對她說，「紗崎，妳昨天很早下班吧。傍晚以後妳去了哪裡，做了什麼？」

眾人的沉默敦促著玲奈回答。她始終不發一語，彷彿只要不記得，就沒有必要替自己辯解。

此時，室友希帆開口，「我也是五點後就回家了，那時紗崎小姐在家喔，她正在打掃廚房。」

兒玉立刻大聲接話，「看吧！是電視台搞不清楚之前跟現在，紗崎來我們公司後就不一樣了。」

兒玉的話中帶刺。他指的不是玲奈已經改頭換面，而是現在這個老是漫不經心、粗心大意、失敗連連而被調離外勤的玲奈，不可能入侵東京看守所。這才是兒玉眞正想說的。

玲奈不否認，她認爲兒玉說的也沒錯。

辦公室內緊繃的氣氛慢慢緩和下來，人聲又逐漸嘈雜起來。玲奈沒有跟任何人互動，獨自默默走向自己的位置。

同事閒聊八卦的聲音交替傳入耳中。須磨調查公司的話，應該不太可能做到吧？是嗎？能夠那樣亂來的只有桐嶋吧，還有哪個女偵探嗎？伊根涼子呢？她又不是ＰＩ學校出身的，而且還是個乖乖牌優等生。還有一個是峰森琴葉嗎？

玲奈瞬間僵硬了，耳邊是同事的竊笑聲，大夥竊竊私語地評論，不可能吧！

玲奈嘆了口氣，坐下來。須磨調查公司不會跟東京看守所的事件扯上關係，我是第一個做蠢事的員工，也是最後一個。

正要開始日常工作時，辦公室裡響起一個男人的聲音，「我認爲不該輕忽這個問題。」

場面再度安靜下來。玲奈抬起頭，倚牆而立的是公司的顧問律師池谷。他似乎刻意像在演講般拉高音量，好讓大家都能注意到他。

池谷說，「他們早晚會知道紗崎小姐已經轉任到我們公司，無論事實如何，一旦我們被說成是雇用殺人嫌疑犯的公司，形象就會大受影響。」

職員的視線游移，時而飄向玲奈。對於同事清一色的冷漠眼神，玲奈早學會不放在心上，她已習慣被眾人疏遠。

這時，社長室的門猛然打開，竹內現身，池谷有些倉皇地看著他。

竹內板著臉質問，「這是準備開朝會嗎？」

「不是的。」池谷咳了兩聲，「我想各位職員都該有正確的認知。」

「要正確的認知，就看這個。」竹內將手機丟向池谷。

池谷慌亂地接住，看向螢幕，「這是什麼？」

「雅虎的即時搜尋排行，現在的關鍵字第一名是『女偵探』。社群網站的風向普遍抱持肯定態度，對殺了那些逃過極刑的垃圾的女子讚譽有加。」

「不，像那種意見……」

「她甚至參與救出日銀總裁孫女和那些遭受家暴的女性，很多人都認爲，和無能的警方相比，這位女偵探要來得可靠許多。」

「網路上的匿名意見要怎麼說都行，偵探只有在虛擬世界中會參與刑事調查，他們搞不清楚中間的差別。這在現實世界中是大有問題的，光暴力行爲就絕對不行，更不用說殺人了。」

「你大可問問我們的員工，大家都工作了幾年，有沒有誰到現在還能毫髮無傷？」

池谷困惑了，「我也不希望平民百姓都知道業界的實情。」

「律師，我說得極端點吧？就算偵探不至於跟流氓相提並論，社會還是對我們存有不正派的印象，覺得偵探與黑社會有所牽連。大眾這次轉而覺得我們值得依賴，就能帶來客源。」

「對刑事被告處以私刑，再怎麼說這樣的誤解都太過頭了。」

「如果大眾要一廂情願地認爲我們公司藏有正義使者，那也是不錯的宣傳。」竹內輕拍池谷的肩，「別想太多。員工宿舍的監視錄影，就可以證明昨天傍晚紗崎回去吧？不用擔心會眞的接到逮捕令，沒有比這更好的事了。」

池谷再次端詳手機畫面，依舊不滿地嘀咕，「也有人說這個女偵探和阿比留一樣不可信任。」

「等他們知道偵探是個美女，批評的聲音也會被排擠的，之後放消息給八卦雜誌就行。」

玲奈厭惡地起身，正要走出辦公室時，被竹內叫住，「紗崎，妳要去哪裡？」

玲奈頭也不回地說，「我去買便條紙。」

走進電梯，終於能獨處了。一閉上雙眼，腦海中就浮現市村凜的模樣，看起來異常栩栩如生。她朝後倒去，胸口噴出鮮血，玲奈立刻睜開眼。

脈搏跳得飛快。玲奈靠在牆上，拿出口袋裡的攪拌棒，雙手緊握。玲奈明白，自己又在依賴咲良的遺物了。即使如此，她仍努力冷靜下來。

向世間質問私刑的正當性，實在是愚蠢的行爲。她也曾認爲，復仇能使死者的靈魂得到安息，但現在已經不那麼想了。逝去的人無法思考，自然也不會期望報仇。

電梯到達一樓，玲奈將攪拌棒收進口袋，步出電梯，踏上通往鳥居坂下路口的人行道。

玲奈突然倒抽一口氣，沒時間沉浸在解放感中了。

雖然也不是沒有心理準備，但不速之客已近在眼前。玲奈和這個模樣甚是輕佻、長髮瘦削的男子——逢坂結翔，對上了視線。

運氣眞好，逢坂暗忖。電視直播一結束，就有觀眾捎來女偵探轉任到新公司的相關情報。他才剛趕到，當事者就自己現身了。

紗崎玲奈，有著一張比照片更加端正的面容，實在適合上電視。就這點來說，自己也是相當幸運。逢坂對攝影師深澤說，「上去拍。」

深澤有些遲疑，「要先獲得本人的許可吧？」

「管她的。」逢坂拿起麥克風，朝玲奈走去，「盡量靠近。那張臉可以帶來收視率，無論如何一定要不上馬賽克播出。」

玲奈一臉不悅地站在原處，逢坂一邊走近，向她輕輕點頭。

「早安。」逢坂笑著說，「您現在在這裡上班吧！我找得好辛苦，誰叫您駕照上的住址都是胡謅的呢。」

深澤肩上扛著一台Panasonic AJ-PX380GF高畫質攝影機，湊到玲奈臉上。被這種職業用的大口徑鏡頭一對，多數人都會嚇得腿軟；然而玲奈卻全無害怕的模樣，只是冷冷看著逢坂。

面對不願開口的受訪者，就由自己一股腦說下去，這是逢坂一直以來的作法。他拿出一張紙攤開來，「這是您的駕照影本吧？我從某個管道拿到的。姓名是紗崎玲奈，大頭照也是妳沒錯。住址是東久留米市新川町三－二－九，我親自去了一趟，不過您沒住在那裡。這是怎麼回事呢？」

玲奈依舊沉默。看起來很冷靜的樣子，但應該是虛張聲勢吧，逢坂想。只要攝影機在拍，她或許就不打算開口。即使如此，仍是自成一番美景。

逢坂繼續說，「所謂的偵探，大概都身懷各種違法絕技吧？想要變更駕照住址，好像只要出示寄到新居住址且蓋了郵戳的明信片就可以了，連住民票都不用準備。」

他在查訪的過程中，發現了玲奈的小技巧。她八成是用鉛筆寫了明信片寄給自己，收到後再擦掉收件人住址，重新填上虛構的住址。只要出示明信片給轄區警署，就可以先在駕照背面寫上新住址，並標註其為新居位址。

另外，在駕照正式換證之前，要先去同地區的郵局，以出差為由請郵局暫停投遞郵件。只要出示背面寫有新住址的駕照，就可以確認為本人。而寄到那個住址、收件人為紗崎玲奈的郵件，只會有一張說明駕照換證的明信片，由於申請了暫停投遞，明信片會先暫時存放在郵局裡。此時再出面領取明信片，並出示給駕照換證中心，便能名正言順取得印有假住址的駕照。

逢坂心想她總該有些驚慌了，但玲奈依舊眉頭動也不動一下，而是冷淡地開口，「身分證上當然不能放眞正的住址。」

逢坂不禁咋舌。他硬是裝出笑臉問，「這對偵探來說都是常識嗎？還是只有對您？無論哪一個，這都是犯罪啊。」

「所以呢？」

這種強硬的態度，反而對我有利，逢坂想著，內心難忍興奮。這下可拿到頭條新聞畫面了，女偵探的驚人告白！

逢坂湊上麥克風，「除此之外，還有其他違法行爲嗎？關於東京看守所的案件……」

玲奈突然迅速採取行動。她瞬間揮開麥克風、逼近攝影機，深澤的鏡頭仍對著她。但玲奈並未遮住鏡頭，而是繞到深澤背後，手指對攝影機輕輕一敲。一個信用卡大小的物體彈出，玲奈將它抽出後轉身就跑。

逢坂瞠目結舌地呆站在原地，一旁的深澤大聲驚呼，「P２記憶卡被拔走了！」

「什麼！」逢坂彷彿腦袋挨了一拳。

AJ-PX380GF攝影機會將高畫質的影像數位化，紀錄在P2記憶卡中，由於不需要放入影帶，很適合用來採訪。按下插槽旁的按鈕，就可以取出P2記憶卡。玲奈很清楚攝影機的資料不會另外備份。

這是公然的竊盜行爲，但攝影機沒辦法錄影。路上根本沒有其他行人注意這裡，不能奢望目擊者出現。這可說是東京都特有的群眾反應，若是在其他地方，攝影機一出現，看熱鬧的民眾也會立即聚上來。

環顧四周，沒看到監視器，這或許也在玲奈的計算中。

逢坂問深澤，「有備用的P2記憶卡嗎？」

「放在車子裡。」

「馬上去拿來！」逢坂在人行道上跑了起來，目前還看得到玲奈的背影，他奮力加速緊追。

玲奈往麻布十番的方向跑去。眞是精明的女人，逢坂想。那裡面是一大片商店街，混雜的街道更難追人。

出乎意料的是，玲奈在紅燈前停了下來。

逢坂立刻追上她，氣喘吁吁地拿出手機，切到錄影畫面，從背後走向玲奈。「紗崎小姐！」

玲奈頭也不回，只是伸出一隻手，手上握有某種黑色物體，一道綠光射向手機鏡頭。是雷射光筆！大概是高輸出功率的類型，有二〇〇毫瓦（註一）嗎？

逢坂趕緊拿開手機，但已經太遲了。感光元件似乎遭到破壞，液晶螢幕的影像變得有如萬花筒，完全看不出照了什麼。

玲奈躍過斑馬線，逐漸跑遠。逢坂啐了一聲，急忙追上去。沒有其他錄影的方法了，但也不能追丟她。

手機雖然已不能用來拍照，但通話機能還是完好的。逢坂打給深澤，一股腦怒吼著，「她在麻布十番，轉進『檀香山咖啡（註二）』旁的路了！快過來！」

玲奈隨後跑進一棟住商混合大樓，逢坂趕到時，電梯門已經關上了，樓層指示燈停在三樓。

背後有奔跑聲接近，逢坂回頭，深澤拿著攝影機氣喘如牛地跑來。

註一：毫瓦（milliWatt），為功率的單位。

註二：HONOLULU COFFEE，知名夏威夷咖啡公司，於日本有多家分店。

「她在三樓！」逢坂跑上階梯，深澤也跟上去。

三樓是麻將館，櫃檯在狹小的入口旁，一個顯然非善類的男人盯著他們。用不著開口，牆上就貼有「店內不可攝影」的貼紙。逢坂以手勢指示深澤放下攝影機。

裡面應該可以自由進入。逢坂向櫃檯的男人禮貌一笑，走進麻將館。

香菸煙霧在空氣中瀰漫，幾張桌子邊坐了客人。深入店內，逢坂看到玲奈在麻將桌之間穿梭，正要逃往後方的防火門。打開門前，玲奈將P2記憶卡丟到鄰近的全自動麻將桌上。麻將桌正在洗牌，圍在桌邊的四位客人看得目瞪口呆。

逢坂旋即衝上前，從一團麻將牌中找出記憶卡，交給深澤，又跑去打開玲奈逃走的防火門。門外連接大樓外側的逃生梯，狹小的巷弄通往一棟大型且老舊的鋼筋水泥建築物，看來是綜合醫院。

跑下樓梯前，背後傳來深澤的聲音，「不行！」

逢坂回頭，「怎麼了？」

深澤擺弄著攝影機，十分狼狽，「我插進剛剛那個P2記憶卡，但影片都消失了！」

全自動麻將桌運作時，會產生極強大的磁場。玲奈之所以路過麻將館，原來是爲了讓記憶卡脫磁。

既然記憶卡已經物歸原主，就沒辦法通報失竊，但光是沮喪也沒用。

「走吧！」逢坂催促深澤，跑下逃生梯。

巷子裡往來行人眾多，不見玲奈的身影。

逢坂失望地停下腳步，一個嘶啞嗓音叫住他，「逢坂先生，我經常在電視上看到你。」

長椅上一名老婦人正抬頭看著他，逢坂立刻彎下身，擺出職業笑容，「老奶奶，剛剛應該有一位年輕美女跑過去，但是我找不到她，請問您看到她了嗎？那位小姐就像模特兒一樣漂亮。」

老婦人看向醫院，「她進去那裡面了喔。」

「謝謝。」逢坂起身，對深澤耳語道，「醫院裡不能攝影，你就在這裡等，如果看到紗崎玲奈，一定要拍下來。」

不等深澤回應，逢坂拔腿跑向醫院。

連一點影像紀錄都不願意留下，真是狡猾的採訪對象，逢坂想。這般罕見的聰明才智、不怕違法的大膽程度，以及消滅證據的徹底性。成功入侵東京看守所的，絕對是這個女人。

13

玲奈闖進這間老舊的綜合醫院一樓，裡面有許多老年人，相當擁擠。中央治療室和門診預約中心前的數排候診椅均已坐滿，休息區裡也滿是人潮。

雖然無暇確認後方，但玲奈判斷那個記者一定會追來。逃往醫院的路上，她感受到來自長椅上一名老婦人的視線。因爲無法攜入攝影器材，記者應該會獨自追進來。

經過商店前時，有個東西吸引了她的注意力，是一台粉紅色的舊式公共電話。玲奈拿起話筒，投入十圓硬幣，先按下１８６後，再撥打自己的手機號碼。

一般而言，公共電話撥出的電話不會顯示號碼，受話者無法得知公共電話機的號碼。但如果是這種款式的電話機，只要在撥出的號碼前冠上１８６，就有很高機率會顯示號碼。如玲奈預料，手機上出現一行數字。她掛回話筒，快步離去。

拉開相當的距離後，玲奈在人群中回頭觀察商店前的狀況。她看見逢坂在混亂的人潮中小跑步而來，不停向四周張望。

逢坂即將抵達商店前時，玲奈按下手機回撥鍵。公共電話突然爆出鈴聲。逢坂一臉疑惑，環視周遭後才注意到電話。

玲奈轉身離去，邊走邊對手機說，「我就聽你講一分鐘。」

「眞是好方法。」電話裡的逢坂說，「這樣就能把我綁在公共電話旁，妳則是可以拿著手機愈走愈遠。」

「還有四十五秒。」

「三支廣告的時間啊。我就直接問了，進去看守所的人是妳嗎？」

「不是。」

「妹妹被殺害後，妳應該徹底不信任司法了吧？不能允許凶惡的犯人無罪開釋吧？像妳這樣腦筋靈敏又有行動力的人，訴諸武力也不壞啊，要是我就會那麼做。」

他想藉由表達認同，引誘自己說出眞心話吧，玲奈充耳不聞，推開非營業時間出入口的玻璃門，回到陽光下。

她看到攝影師站在醫院前，手提的攝影機亮著紅燈，大概想偷偷拍攝周邊。鏡頭並未朝向這裡，看來攝影師沒有發現玲奈。

玲奈快步走向外苑東通，同時對著手機說，「調查才是偵探的工作。」

「就算本來是這樣，一旦有能力進入看守所，就會想制裁那些笨蛋吧？」

「進不去的。」

「眞的？假設入侵者是其他人好了，妳認爲這位看守所殺人事件的凶手，會用什麼方式進去？希望妳能讓我聽聽偵探特有的推理啊。」

玲奈閉口不言。逢坂剛才的語尾音量稍微變大了些，表示他應該用肩膀夾住了話筒。他的雙手是空的。玲奈預測到他正打算做什麼。

手機裡傳來細微的電子用品聲。他打開了手機的錄音備忘功能，打算錄下話筒裡的聲音，玲奈立即切斷通話。

玲奈在站牌處搭上公車，找到位子坐下。逢坂肯定會去守在公司前吧，暫時不能回去了。要在街上繞繞打發時間嗎？

此時，手機發出短促聲響。玲奈看向螢幕，不禁屏息，是來自桐嶋颯太ＬＩＮＥ的訊息。

14

只要是偵探，潛入澀谷109百貨的倉儲區一點也不難。須磨門下的偵探就更不用說了。

因此當桐嶋指定在109百貨屋頂見面時，玲奈並不感到意外。要在白天密會，員工專用區域反而是個好選擇。

109百貨的圓筒狀標誌堪稱澀谷站一帶的地標，但在屋頂近距離觀看，倒遠沒有想像中巨大。從圓筒延伸出去的扇形屋頂，總面積其實也相當有限。而並排陳列的鐵櫃，更突顯了侷促的空間印象。室內大概不足以保管所有專櫃的存貨吧。

視線越過柵欄，玲奈眺望鄰近的大樓。行人專用時相號誌（註）路口旁，大型電子看板正播放著音樂錄影帶。

很久沒有見到桐嶋了。辭去須磨調查公司以來，就一直沒有碰面。然而桐嶋的態度

註：此類號誌作用期間，行人能夠以各種方向穿越路口，而各方向車輛均需暫停，以保護行人安全。

不見生疏，和往常一樣自然地站在玲奈面前。

直視桐嶋總令玲奈覺得困窘，她微低著頭開口，「社長說我不能擅自和其他公司的偵探見面。」

桐嶋的聲音沉穩，「即使峰森面臨危險也一樣？」

一種模糊而虛渺的悲哀湧上心頭。玲奈抬起頭，桐嶋澄澈的眼神注視著她。

微風輕拂，桐嶋靜靜地說，「大概狀況就像我在ＬＩＮＥ裡說的，前一陣子，峰森接受了須磨社長的個人指導課程。在我和妳之後，她是第三人。」

這眞是令人難以置信。琴葉的資質應該還不到這個程度才對，況且那也不適合她；但除此之外，還有一件事更讓人無法理解。

玲奈說，「她進不去東京看守所的。」

「我也認爲她沒辦法。那地方的警備，可沒有隨便到有職員或管理員接應就能進得去。」

「要誰接應才進得去？」

「誰知道。就算偵探可以查出當地警署內幕，但看守所完全不在偵探事務所的業務範圍內，也不是工作往來的對象。就像情報節目說的，我們的專業僅限於民事問題。」

彷彿一道清冷的風穿過身體，玲奈下意識轉而望向灰色的大樓群。

琴葉爲什麼接受了須磨的教育？她其實輕視曾經涉及違法行爲的我，我原本希望自己可以成爲她的負面教材。

玲奈的心緒霎時冷靜下來。彼此早已走上不同的道路，既不互相干涉，也不彼此探問。這樣就可以了，她想。對琴葉來說，沒有什麼能勝過對親姊姊的情感，而琴葉也無需因此受責難，因爲我同樣只是把她當成妹妹的替身罷了。

桐嶋的聲音打破沉默，「峰森行蹤不明。須磨調查公司出動全體員工、用盡各種方法，都查不到一點痕跡。」

玲奈刻意粗魯地說，「跟警方請求搜索如何？」

「妳是認眞的嗎？我們可是尋人專家啊。」

「那就請她父母或姊姊申請，我是外人。」

桐嶋的語氣沉穩、冷淡，但沒有責備的意思。「就算不請求搜索，警方也會全力搜尋峰森。她很快就會成爲通緝犯了。」

不安如同漆黑沉重的液體，鬱積並在胸中擴散。玲奈無法撇開混亂的思緒，感傷無盡纏繞，幾乎令她想哭。玲奈努力忍住情感的釋放。

她轉身離去，「你們自己處理吧。」

見此，桐嶋陰沉地吐出一句，「姥妙悠兒。」

不是熟悉的名字，但玲奈感覺到桐嶋聲音中的異常，自然停下腳步。她回過頭去，桐嶋面無表情地佇立著。

「那是誰？」

「妳自己調查就知道了。普通程度的偵探，也能立刻查出他是誰。只是要深入查下去就難了，想找出他人在哪裡，更是艱鉅至極，和尋找峰森一樣困難。」

內心開始翻騰，一種遭到追逐的急躁感逐漸包圍玲奈全身。

音樂戛然而止。雖然本來沒有特別意識到，但音樂消失得突兀，反而挑起注意力。兩人望向大型電子看板。上面出現新聞主播的身影，聲音迴盪在交叉路口的上空中。「新聞快報。今天清晨七點左右，因殺人棄屍嫌疑，正在接受公開審判的二十二歲被告『入江要人』被發現死於東京看守所內。入江胸前遭到銳利的物品刺入，死因研判應是失血過多。這是東京看守所裡發生的第三起不明死亡案件，入江當時也和其他死者一樣，獨自待在上鎖的單人房中。」

電流般的衝擊竄過全身，玲奈盯著桐嶋，後者也嚴肅地僵著臉。

入江要人。他在埼玉縣秩父市勒死女高中生後，將死者埋進土裡，兩個月前遭檢方起訴。當地也有其他年輕女性下落不明，因此檢方正在追究其他罪責。雖然他曾一度坦承犯行，但辯護律師得知檢察官提出的物證不足後，便突然轉爲否認罪狀，主張無罪。

主播繼續說，「另外，警方在發現遺體的單人房內找到一張便條紙，書寫者應該是女性。由於紙上寫有另一名同看守所的收容人姓名，警視廳表示將要求看守所進一步加強警戒。」

玲奈不寒而慄，啞然無語，只能沉默望著主播朗讀新聞的平板表情布滿整面大樓外牆。

15

早已過了黃昏時分，黑夜降臨東京都心的天空。玲奈獨自坐在日比谷公園的長椅上，茫然望著仍在躍動的噴水池。噴水的結束時間是固定的，玲奈心不在焉地想著，原來現在還沒到晚上九點啊。

玲奈在國會圖書館待到傍晚的閉館時間，之後便一直坐在這張長椅上。她不想回公司和宿舍，只想把所有資訊隔絕在大腦外。然而不知不覺間，她開始搜尋手機新聞，逐一瀏覽所有即時新聞。

幾乎全體東京看守所的收容人，都要求遷移到其他設施。律師蜂擁而至到警視廳抗議，異口同聲主張，將收容人監禁在無法保障人身安全的建築物裡，無疑是侵害人權。警方則保證會加強警備，希望大眾理解警方的處境。

網路上也有相關影片，多半都是電視新聞的部分剪輯。到處都是聳動的報導，宣稱偵探在進行調查時，違反法律已是常態。對玲奈來說，社會太晚才注意到這個議題。另外也有許多民意調查，詢問民眾對於那名可疑的女偵探行爲是否認同。調查結果眾說紛紜，有的圖表顯示贊成占壓倒性多數，有的則恰好相反。能確知的事實只有一個，媒體做的民調結果沒有參考價值。

玲奈很快便發現，今天逢坂是沒辦法再出現在她眼前了。逢坂現身在其中一支新聞影片中，他去了靜岡縣濱松市，影片時間是今天下午五點多。看來在麻布十番跟丟玲奈後，他立刻改變計畫，將目標轉移到其他人身上。

點開影片，玲奈忍不住全身凍結。接受逢坂訪問的人雖然匿名，臉也打上了馬賽克，但毫無疑問是玲奈的父親。

紗崎克典的第一句話，就是向社會大眾道歉。說他原以爲女兒高中畢業後會上大學，但女兒卻說想進入偵探培訓班。他雖然很驚訝，但女兒說這份工作能幫助社會，他相信了女兒的話，因此贊同她的選擇。長期以來，女兒音訊全無，他也不知道女兒現在在哪裡做些什麼。他曾經寄信到女兒的上一間公司，但沒有回信。他至今仍不相信女兒竟會做出如此離譜的事，但因爲想據實以告，才沒有拒絕記者的採訪。

裝出擔心女兒的模樣，又急忙畫清界線，以求迴避責任，很像他的作風，玲奈想。顯然，他已經完全是外人了。能夠權宜當下狀況，臉不紅氣不喘地道出謊言，這點也是一如往常。針對玲奈進入須磨ＰＩ學校，父女倆從未談論過。她將入學申請書放在餐桌上，父親便簽名蓋章。僅此而已，兩人甚至沒有見上一面。

父親沒有提到咲良的案子，也可能是製作單位自行規避了這個話題。一旦有了「濱松市」和「妹妹死亡」這兩個關鍵字，就能在網路挖出過往的事件，玲奈是紗崎咲良的姊姊一事也會曝光。稍有不慎，製作單位就會侵犯隱私權。

玲奈一陣厭煩，她不再搜尋新聞，關上手機，仰望夜空。現在早已過了沉浸憂傷的階段，玲奈對自己說，淡漠的反應才是她眞正的心情。玲奈刻意疏遠了思考和感情，但眼眶依舊難忍酸楚，不禁對到這種時候還如此易感的自己感到氣惱。

又過了相當一段時間，公園步道往來的行人，不知何時已逐漸稀疏。倒是稍遠的外圍出現一群黑影，對玲奈的包圍網正逐漸收攏逼近。

玲奈按兵不動。她雖然不是通緝犯，但警方大概也以重要參考人的名義，大肆散布了她的照片，過去也是這麼做的。既然她現身公園一角，被警戒中的便衣刑警發現也不意外。

她並沒有盤算或計畫什麼，只是認為如果想了解事件現況，和這社會多一些牽連也未嘗不可。

人群來到長椅四周，有便衣刑警，也有制服警察，無數視線俯視著玲奈。

一名年長的西裝男子穿過人牆，來到玲奈面前。雖然是初次見面，玲奈知道他是誰。之前在須磨調查公司時，她在對講機的影像紀錄中看過這個男人。

坂東志郎警部的嗓音低沉，「原來在這裡，今天翹班翹很久啊。」

玲奈說，「明明昨天早上就跟蹤過我了吧？」

「被妳發現了啊。」坂東索性連珠炮似地說了起來，「考慮到發現犯罪預告到下次犯行發生的時間差，今晚九點後的就寢時間最可疑，所以必須現在問妳不可。峰森琴葉在哪裡？」

「不知道。」

「我實在不覺得峰森是獨自犯案，說不定妳故意裝做無精打采的模樣，其實背地和峰森共謀犯案？」

「我沒跟琴葉見面。」玲奈抬頭看著坂東，「單人房找到的便條紙筆跡呢？」

對方的沉默在玲奈心中投下不安的陰影，那是壞消息的預感。

坂東深深嘆息，「取得峰森的筆跡樣本相當費事，畢竟我不認爲須磨社長會願意提供。不過，峰森最近剛拿到駕照，駕訓班和駕照中心都留有文件。謹慎起見，我們也透過她就讀的國高中，取得大量作文和講義。」

玲奈安靜地看著他。

坂東繼續說，「在單人房裡發現過兩次便條紙，兩次都和峰森的筆跡一致。」

不安在心中滋長，脈搏逐漸加速，玲奈無言以對。

另一個便衣刑警開口，「堺加圖雄被刺身亡那天晚上，進入單人房裡的只有峰森琴葉一人。之後的不明死亡案件雖然沒看到峰森，但犯罪預告的便條紙是她寫的。」

玲奈隱藏住內心的激動，刻意哼了一聲，「可以自由進出上鎖的單人房，難不成琴葉有憑空消失的超能力？」

坂東惱怒地說，「我聽同事船瀨說過類似的事，那時候是在目黑的厚生癒敬綜合醫院，紗崎玲奈就那樣憑空消失了。還有『野放圖』案件時，警方在那須町蓑澤設置的緊急部署網，妳也輕鬆突破了。」

「兩件事我都沒印象，光憑這樣就要說我是共犯嗎？」

「是想請妳走一趟警署。」

「既然是非強制性的協助調查，就表示我可以自行選擇是否配合吧？」

「如果妳不來，我們就要逐一記錄妳的行蹤。」

「我到底做了什麼事？」

「警察廳的長官大概因爲沒在跑現場，很容易被電視影響。媒體搧風點火，說那個女偵探對司法發出什麼挑戰還是革命的，他們就全相信了。」

玲奈莫名在意「革命」這個詞彙，腦海隱約浮現原因。她在國會圖書館閱覽舊報紙時，這個詞不斷出現。

在形容姥妙悠兒時，時常可以看到「革命性的」或「革命者」的詞彙。以「三一構想」爲核心的新穎策略，確實是席捲偵探業界的革命。

然而，玲奈感覺不到那和東京看守所的連續不明死亡案件有什麼關係。姥妙的本行是精神科醫師，他只是想在他的工作體系上有新的嘗試，至於看守所裡發生的奇怪案件，則完全大異其趣。

只是我太敏感了嗎？僅僅因爲出現相同詞彙，就懷疑其中關連，職業病或許太嚴重了。

現在還有更迫在眉睫的問題。玲奈問坂東，「逐一記錄行蹤，是認眞的嗎？」

「雖然不像警察廳的審議官和理事官那樣頭腦單純，我們還是認爲妳是需要特別留意的人物。妳容易沾染犯罪行爲，我們可不會置之不理。」

「無聊。」玲奈站了起來，「被你們認爲行動可疑，我感到很困擾，所以先走了。日比谷公園是慢跑的聖地吧？晚上也有很多人在這裡跑步。」

玲奈猛然拔腿飛奔，背後隨之響起地震般的腳步聲，大批警察追了上來。他們沒出聲叫喊，只是默默地跟在後頭。玲奈覺得這群人實在滑稽，但她一點也笑不出來。

無論到哪裡，她都是被追逐的那個人。玲奈的胸口緊緊揪起，陷入這種心情之中。完成復仇後，光芒如今已變得脆弱，失去射穿幽冥黑暗的力量。只能懷著空虛的心情逃離。

坂東率領搜查一課的部下，像馬拉松般在公園裡快跑著，路人紛紛驚訝閃避。玲奈的腳程飛快，早已跑出日比谷門，奔馳在御幸通的人行道上。

追蹤班自動散開，每個人都配備無線通訊器材，坂東也戴著耳機。

經過東京寶塚劇場後，街道倏然明亮起來，往來行人阻擋了去路。經中央通來到銀座四丁目的路口時，前方道路已經完全被人群遮蔽了，也無法繼續奔跑。坂東喘著氣放慢腳步。

此時，無線耳機裡傳出聲音，「目標經過三越百貨，應該進入安芙蘿爾了。」

在坂東這個年紀，拚命追趕其實相當辛苦，但他還是領先身邊剩下的幾個人，再度跑了起來。說到安芙蘿爾，正是銀座甫開幕的新購物中心。視線範圍內的熟面孔愈來愈多，追蹤班集結回來，一干人衝進安芙蘿爾的入口，來到寬敞通風的大廳。

抬頭一看，坂東便發現了紗崎玲奈的身影，她正在三樓往四樓的手扶梯上。同事和部下再次散開，兩人殿後，其他人跑向電梯，坂東留在原處。茫然亂追只會讓目標逃走，必須擬定作戰計畫。

長谷部警部補遞上一台平板電腦，「我下載了安芙蘿爾的平面圖。」

坂東接過平板電腦。出口多達三十幾個，沒辦法全守住。幸好這棟建築物沒有地下室，需要掌握的是一樓的電梯、由二樓下行至一樓的手扶梯口，以及員工專用樓梯和逃生梯的一樓出口，每個點配置一人即可。

下達指示後，長谷部也前往他負責的位置，坂東獨自留在購物中心大廳。

他聯絡了十五名追蹤班成員，其中兩人正上樓尾隨玲奈。東南方的樓梯還無人防守，坂東決定親自負責，以達到徹底的封鎖效果。

坂東快步穿越大廳，途中經過一道只有上行的手扶梯。保險起見，坂東向附近的保全人員尋求協助，他出示警察手冊，表示若看到一名在手扶梯上逆向奔跑的女子，請立即通知警方。

走了一段路後，坂東到達東南方的樓梯。他停下腳步，掃視周圍往來的行人長相。

此時，耳機裡傳來粗重的喘息聲，「現在在最上層，跟丟追蹤對象！」

坂東嘖了一聲，被玲奈逃了。無法預測她會從哪邊下來，坂東對著袖口的麥克風低聲下令，「全體人員，警戒待命。」

背後傳來一陣腳步聲，坂東回頭，是幾位顧客正從樓梯走下來。

坂東起了疑心。玲奈很清楚，跑進這裡終究會無路可逃，但她仍拚命甩掉了警方的追蹤。她究竟有何打算？

購物中心的背景音樂逐漸減弱，取而代之的，是那首耳熟能詳的鋼琴曲：《螢之光》（註）。顧客紛紛朝出口走去。

打烊了。這個念頭茫然浮現腦海時，坂東瞬間緊張起來。不會吧？他惴惴不安地跑回大廳。

循著同樣的路徑，途中再次經過那道上行的手扶梯。

不好的預感成眞，手扶梯已被反轉爲下行方向了。

坂東上前逼問保全，「可疑女子呢？」

保全畏縮地看著他，「沒有，我沒看到什麼逆向奔跑的人啊。」

他根本沒聽懂我的話！坂東咬牙切齒。所有的上行手扶梯，現在全都變成下行了，玲奈有很多脫逃路線可以選擇。就連坂東剛剛看守的樓梯，現在也無人負責。

坂東氣得邊跑邊吼，「全部給我守住出口！一人一個點，盡量封住每條路！」

這是無濟於事的，他心裡清楚。警方只能看住一半的出口，而且每個出口都有大量離場的顧客。人煙雜沓，到處都看不見玲奈的身影。

購物中心逐漸冷清下來，坂東獨自佇立在大廳，《螢之光》的旋律在心中空虛迴盪。

16

皓月當空，微寒的風帶著些許塵埃，穿過林立家屋的間隙。玲奈拖著沉重步伐，走在杳無人煙的住宅區巷弄裡。

還在須磨調查公司上班時，公司在東京都內各處都租有便宜的公寓房間，有緊急需求時便能擇一藏身，也能做爲跟蹤或盯梢的據點。竹內調查事務所的方針似乎也相同，社長傳來電子郵件，建議她使用一間位在文京區茗荷谷站附近的房間。

現在確實回不了員工宿舍，警方一定在那裡等著，躲在安全屋才是適當選擇。電子郵件裡還追加一條，說是會派桑原希帆過去，需要購物時就交給她。

玲奈的心情很複雜。她和希帆目前一點默契也沒有，不過既然對方會在社長命令下趕來，應該還是要抱著感恩之心吧，只能祈禱希帆前來的路上不要被跟蹤就好。

註：改編自蘇格蘭民謠，在日本常用於各種離別或結束的場合，如畢業典禮、公共或商業設施閉館音樂等。

這一帶已完全沉沒在闇夜中，玲奈看到了目的地。那是一棟嚴重老朽的木造二層舊公寓，每間房都暗著，整棟建築物寂靜無聲。竹內調查事務所租下來的，是位在一樓邊緣的房間。

依照郵件的指示，從假電箱裡取出鑰匙。玲奈走進房間，打開電燈。鏽蝕的廚房和三坪大的和室，在日光燈的照明下浮現。空間裡飄散著殺蟲劑的氣味，應該很久沒有通風了。玲奈蹲坐在房間一角。

希帆很快就到了，她提著幾個購物袋，說要幫玲奈做飯。希帆臉上掛著制式的笑容，像對待外人般客氣，果然是因爲公司的命令才會做這些事吧。

希帆將鍋子放上火爐。她突然想起什麼似的，遞給玲奈一個信封，「這是社長要給妳的。」

玲奈打開信封，裡面裝了一支手機，貼著一張便利貼，寫著「內有廉價ＳＩＭ卡（註）」。

幫了大忙，玲奈想。這支手機不會留下使用痕跡，萬一眞有需要打給不適合聯絡的對象時，這支手機就能派上用場。

希帆回廚房繼續做飯。玲奈坐在三坪房間的角落，撥打須磨的手機號碼。

幾聲響鈴後，須磨接起電話，「喂？」

「我是紗崎。」

須磨沒有不識趣地問她人在哪裡，也沒問她爲什麼打來，只是沉穩地說，「妳調查姥妙悠兒了嗎？」

彷彿尖細的冰柱刺入胸口。須磨的話裡不見一點關心，劈頭即切入正題。玲奈產生了些微動搖。「我已經不是貴公司職員，也不在反偵探課了。」

「姥妙讓妄想型人格障礙患者學習調查業的知識，市村凜也是其中之一。」

敏感神經被挑起，玲奈滿懷悲憤地抗議，「你的意思是叫我去找他嗎？因爲市村凜的教育者才是萬惡根源，所以要我找出他、擊潰他？」

「我認爲妳會想這麼做。」

「社長，不，須磨先生。你想說只要刺激我的情感，我就會自動去追查姥妙嗎？你只是想毀掉前景看好的同業吧！」

註：由行動虛擬網路營運商（MVNO）提供的服務，業者本身沒有基地台等基礎建設，而是租用其他業者的頻寬以提供服務。便宜、申請方便為其優點，在台灣歸類為「第二類電信」。

電話裡沉默片刻。須磨幽暗地說，「沒錯。」

玲奈什麼也說不出口，心底深處承受著沉重的疼痛。

面對她的無語，須磨繼續說，「社會人士是會互相利用的。追根究柢，反偵探課原本就是爲了滿足妳我的需求，才妥協而生的產物。」

「所以我爲了公司的利益奉獻，是理所當然的嗎？就算換了公司後也是？」

「恩情與義理是這個世間的正常結構。」

玲奈一時語塞，再次陷入沉默。

快要無法克制了。眼眶泛出淚水，模糊視線，接著大顆大顆滑落臉龐。當她意識到時，自己已像個小孩般抽噎地哭了起來。

人在廚房的希帆，回過頭瞪大了眼。玲奈反射性地別開臉，她不認爲希帆的視線裡包含同情心。

她縮著身子，環抱雙膝，依舊無法冷靜。耳裡傳來自己顫抖的聲音，「我不知道該怎麼辦才好。琴葉選擇了姊姊，選了彩音。她否定了我，說不需要我，說我死了也沒關係。」

須磨平靜地說，「那是不得已的，她姊姊被當做人質，又被逼著說出選擇。」

「但我還是希望她能選我啊！」玲奈激動怒喊，「下去工廠一樓前，我就在攪拌機裡混了砂糖，根本就不用擔心混凝土會硬化。我才沒有放棄，也沒有屈服，我在暗中觀察市村的可趁之機。」

「峰森不知道這些事，她以爲輸定了才那麼說的，不要責備她。」

「我希望她能信任我，希望她到最後都不要放棄希望。我不想聽到那種話，不希望她去選什麼彩音，去選那種人！」

然而，這些話並沒有化做言語。玲奈發出的只有哭泣聲，頽喪地胡亂揪著頭髮。眼淚滴落在榻榻米上，眼前的一切都令人無比厭惡，她抬起頭，朦朧的燈光在眼底漫射。

或許是感情得到釋放，玲奈的思考稍微回復冷靜。她聲音沙啞地喃喃低語，「我知道自己很任性。對我來說，琴葉同樣只是咲良的替身而已。可是琴葉還有彩音，咲良卻再也回不來了，我不甘心。」

玲奈領悟了，這就是她心中完整的情感。雖然被虛無掩飾，但她始終只有一種心情。如雕刻在石頭上的字一般鮮明，從來不曾風化。

「紗崎。」須磨的聲音在耳邊靜靜流過，「在與他人相處期間產生的信賴與感情，不過是失去的親情的替代品嗎？」

「對我來說就是這樣。」

「不對，與父母和兄弟姊妹之間的羈絆，正是未來與他人締結連繫的事前演練。」

心中如有警鐘擊響，高聲悸動。隨著情緒的高昂，胸中一角的情感波動，卻不可思議地逐漸平靜下來。

須磨繼續說，「我們總有一天會失去家人，終將變得孤獨。唯有在那之前明白心靈該如何正確溝通，才能找到能相互追尋的『他人』。」

霎時，玲奈躊躇似地停頓了一下。她抹去頰上的淚水，或許正在逐漸恢復理性。玲奈沉聲說，「您是在說您自己的事嗎？」

她聽到一聲無奈的鼻息，須磨說，「妻子和孩子都跑了，所以妳覺得這些話聽起來像在說我自己嗎？隨便妳要怎麼解釋，那是妳自己的問題。」

意識深層有什麼正在暈染擴散。玲奈閉上眼，嘆了口氣，她已經恢復理智了。

她對於自己想將須磨視爲父親替身的依賴心理感到厭惡。她總忍不住害怕，自己會再一次遭到背叛。即便如此，玲奈現在也只能相信並接受了，接受她與家人的別離並非失去，而是對一個階段的告別。

玲奈開口，「姥妙和市村凜之間，也有近似父女的親情嗎？」

「對於患者，精神科醫師會建立一種信任與支持的親密關係，畢竟這也是治療的一環。只不過這份聯繫的眞實性十分可疑，我們無從得知姥妙的眞心。」

玲奈還不能完全理解，她問道，「您不在意琴葉的去向嗎？」

「我們正在全力搜尋中，警方也在找她。對妳來說，培育了市村凜的男人更重要吧？」

無論如何，話題都要拉回姥妙身上嗎？玲奈說，「請讓我考慮一下。」

不等須磨回應，玲奈掛斷電話。

房裡恢復寂靜。玲奈不經意望向希帆站在廚房的背影，對方看來沒有要轉向這邊的意思。鍋子冒著蒸騰熱氣，希帆關上火。

空虛感油然而生。若是對周遭疑神疑鬼一些，或許更能自然地接受現況，但玲奈不再繼續思考。如果因爲害怕遭人背叛而封閉自我的話，就連知道眞相的機會都不會出現。

一段時間過去，玲奈始終維持抱著雙膝的姿勢。突然間，玄關傳來敲門聲。

玲奈抬起頭。希帆跑到門邊，沒有一點懷疑的模樣，反倒像是終於等到了一般，一口氣打開門。

希帆跑出房間。與她交換衝進房的，是一群黑壓壓的制服警察。玲奈訝異地站起，打算從窗戶逃走，但警察穿著鞋子直接走上榻榻米。大片人影如風壓威逼而至，包圍玲奈，將她的雙臂緊扭著扣在背後。玲奈奮力想掙脫，但光是扭動身體就劇痛不已。

狹小的屋內塞滿警察，坂東也在其中，冷冷對上玲奈的視線。

玲奈氣憤地大吼，「你沒有拘票！這是侵入住宅罪！」

「侵入住宅罪。」坂東語帶嘲諷，但沒有眞的笑出來。「居然從慣犯口中聽到這種話。只要沒有任何人看到，就不犯法，這不正是你們的信念嗎？」

「附近居民會注意到的！」

「就算這樣，也沒有人會懷疑這是警方的搜索。竹內會租下這間房子，不就是因爲這附近街上沒有監視器嗎？不會留下什麼證據的。」

「爲什麼你們知道這裡？社長說的嗎？」

「不是。竹內好像是打算把妳藏起來，不過妳的同事就很糟糕了。比起公司，好像更相信新聞報導，認爲妳是個危險分子。」

是希帆密告的。玲奈胸中掠過一絲失落，但不致膽怯。她們之間的信賴並沒有到那種程度。

玲奈問道，「我有什麼嫌疑？」

「無論狀態如何，不明事理的逃犯是無法溝通的，所以只好先把妳抓起來了。」

「跳過程序就想把我帶走的話，會有麻煩喔。」

「沒要把妳帶走，我們就在這裡解決。」坂東瞄了一眼手表，「現在是晚上十點半，東京看守所早就過了就寢時間。就在剛剛，我們得知被告栗田洋大現在平安無事。」

「誰是栗田？」

「上野站前隨機殺人事件中，遭到逮捕的三十一歲男子。峰森的犯罪預告上，指名他是下一個目標。」

「那你們在看守所保護栗田不就好了，幹麼跑來這裡？」

「我們當然會保護他。已經從警視廳調派一百名人手支援，配置在栗田的單人房周邊。只是栗田自己拒絕讓警察進入房間，說是擔心警察可能襲擊他，所以他現在是單獨待在上鎖的單人房。」

「逮捕我的理由是？我不是說我跟這件事毫無關係了嗎？」

「我想知道的是妳逃跑的理由。我想在這裡跟妳一起等，看看看守所會不會發生什麼事。」

玲奈頓時焦躁起來，扭動著想掙脫。但警察狠狠擰緊她的手臂，一陣劇痛竄過，麻痺感從手肘一路延伸到指尖。

「住手！」玲奈怒吼，「放開我！滾出去！」

坂東冷淡地說，「爲什麼這麼慌張？妳怕自己不再是嫌犯了？」

他說中了。如果現在看守所眞的發生事情，自己就會被排除嫌疑。無論看守所裡有沒有內應，警方都會將凶手目標縮小到琴葉身上。

坂東說，警察廳幹部受到媒體報導影響，判斷失準。警視廳八成也下達命令，要將玲奈當做嫌犯緊盯不放。坂東現在想做的，就是糾正警察組織上層的錯誤想法。

玲奈拚命抵抗，「放手，我叫你放手啊！讓我出去，別再跟著我！」

坂東的眼神益發銳利，「這樣下去，那些遲鈍的高官也會接受現實，確認峰森琴葉的嫌疑，就可以申請逮捕令，進入通緝階段了。」

玲奈一陣寒顫。她奮力掙扎，用手肘攻擊旁邊的警察，但全被反擊擋了下來。警察們把她壓倒在榻榻米上，將她的手臂半固定在身後。玲奈內心不由得感到悲哀。

「是我！」玲奈大喊，「是我做的啊，看守所的事全是我做的！」

坂東連眉頭都不挑一下，「如果看守所到早上都沒發生任何事，再把妳帶去警署。」

「爲什麼，我都自白了！」

「是不是眞的，很快就知道了。」

壓制的力道沒有減弱，玲奈跪著，視線落到地上。房內潮溼悶熱，眼淚混雜著汗水自然滴落。

痛苦的時間持續著，宛如永遠不會結束，直到手機鈴聲劃破寂靜。

一名便衣刑警取出手機應答，頓時露出不知所措的神色，將手機交給坂東。坂東接過手機，對方一個勁說著，坂東幾乎沒有回話，只是神色僵硬地看向四周。

坂東掛斷電話，將手機還給部下。他俯視著玲奈，嘆息告知，「栗田死了，剛才的事，很可能是食物被下毒了。」

玲奈瞠目結舌，顫抖著呢喃，「下毒？」

「按照看守所的規定，送餐之前會先給兔子試毒，食物進入送餐口前似乎都沒問題，其他單人房的收容人也沒有出現異常狀況。是有人在房裡對食物下毒的。」

「什麼叫有人，裡面不是只有栗田一個人嗎？」

「不知道他是怎麼拿到毒藥的。」

「這樣算原因不明啊，跟之前的刀子和金屬球棒一樣。」

「想自殺的話，直接吃下毒藥就好了，沒必要摻進食物裡。更何況，包括栗田在內，三個死者都對生命有強烈的執著，根本沒有自殺傾向。雖然警方會繼續往死因不明的角度調查下去，但峰森的犯罪預告也確實都說中了。」

「琴葉只是被捲進來的！」玲奈哭訴，「拜託，不要發布通緝令，不要公開她。」

玲奈一直以來都迴避著自己的思念，如今不得不正視自己到最後，還是忘不了琴葉。即使想用那個理由討厭琴葉，還是無法拋棄眞實的情感。

如果須磨的說法是對的，咲良就是爲了我和琴葉的羈絆而存在。因爲姊妹間曾經擁有的緣分，我才會想和琴葉產生關係。

這不只是爲了我自己。有那種姊姊令琴葉一直處在糟糕的環境，我想成爲能支持她的力量。

警察開始逐一退出房間，等玲奈回過神來，自己已經重獲自由。

屋子裡很快又清空了，留到最後的坂東也準備離去。

玲奈叫住他，「等一下。」

坂東停下腳步轉身，眼神默默發出疑問。

忍受著關節的疼痛，玲奈站了起來，「我來幫忙。」

「太遲了。妳已經不是嫌疑犯，跟峰森也不在同一間公司。」

「我是說我要幫助你們查明眞相。」

「以偵探的身分嗎？眞不巧，我們不會拜託專門處理民事案件的民間調查員。」

「明明就有阿比留這個前例吧？」

「已經當做沒有了。說到底，官方正式委託本來就是不可能的。」

「不需要正式。我幫得上忙，請晚一點再申請琴葉的逮捕令吧！」

坂東嘆了口氣，「警部把偵探帶進看守所，讓大夥瞻仰妳如何解開密室殺人事件嗎？那種裝模作樣的場面究竟有多蠢，我想我已經很清楚了。」

玲奈壓抑著哭腔，悄聲細語，「我想救琴葉。」

沉默中，坂東垂下視線，表情依然緊繃。他皺著眉頭，目光再次回到玲奈身上。

坂東低聲道，「申請逮捕令需要三十六小時。有什麼想調查的，就隨便妳去做吧。不過我先警告妳，不准接近看守所。我們也不會放過任何違法行爲，不准侵入民宅。」

他的語氣不容反駁。坂東轉身走向門口，輕輕點頭說了一句「抱歉沒脫鞋。」便消失在黑夜中。

玲奈心中湧起低潮般的悲傷，日光燈的光芒在眼裡無助閃動。

然而，某種感覺驀然浮現。

申請逮捕令需要三十六小時，爲什麼會花上那麼多時間？申請手續應該立刻就能辦好，除非刻意延後遞出申請。

玲奈茫然望著門口。大開的門因風搖擺，微溫的空氣流入房內。這一方由門框圈起的外界，靜靜隱沒在黑暗中。

17

所謂工作受到妨礙，指的就是這種情況吧，桐嶋想。

辦公室的電話從一大早就響個不停，將近中午還不能停歇。大樓前也聚集了數家媒體，大概都是追著逢坂後頭來的。整個上午都沒辦法接待委託人，儼然已是公司生計的問題了。

涼子對他說，「桐嶋先生，竹內調查事務所的社長打電話來，說紗崎小姐今天沒有去上班，同時還有一輛公司車不見了，問須磨調查公司知不知道些什麼。」

桐嶋啜飲著馬克杯裡的咖啡，「她是他們的員工吧，連公司車在哪裡都不知道嗎？」

「好像被裝了衛星訊號阻斷器。竹內社長抱怨說，明明都借她可以安全撥打的手機了，卻不跟公司聯絡。」

桐嶋忍不住輕笑。被自己養的狗反咬了啊。既然雇用玲奈，這種情況就無可避免。「要是竹內社長再打來，就跟他說，紗崎才不會用衛星訊號阻斷器，她是扯掉發信器了。」

丟在桌上的手機發出震動，桐嶋拿起手機端詳螢幕。是玲奈傳來的ＬＩＮＥ訊息，寫著「我寄了影片檔過去，麻煩幫我檢驗一下。」

明明就不是我們的員工了，也眞是不客氣。桐嶋用電腦打開郵件信箱，有一封主旨和內文都留白，只夾帶一個影片檔的郵件。

桐嶋將影片轉換爲AVCHD格式（註），以便燒錄至藍光光碟，在電視上播放。

註：索尼與松下於二〇〇六年五月聯合發表的高畫質光碟壓縮技術。

他取出燒錄完成的光碟片，走向社長室。他敲敲門，裡面傳來請進的聲音。

「失禮了。」桐嶋打開門，「紗崎送東西來了。」

須磨從辦公桌抬起頭，摘掉老花眼鏡，看了看桐嶋手上的光碟，無言地點點頭。

桐嶋將光碟放進藍光播放器，按下播放鍵。螢幕上出現一道順著小路延伸的混凝土牆，陽光柔和，畫面標註了拍攝時間，是今天早上七點多。

小路上沒什麼行人往來，鏡頭稍微拉遠後，看得出是透過行進中車輛的後擋風玻璃拍攝的。牆的對面是一片住宅區，而小路的另一旁則是河川。

須磨說，「是東京看守所的東側。從正門看過去，就是最裡面。那一塊住宅區叫做小菅住宅大樓，是在看守所工作的人住的地方。」

「照理來說媒體應該會蜂擁而至，怎麼都沒看到人。」

「採訪車都走在首都高速公路高架橋下，你也看到了，這條路既狹窄又是單行道，沒有重要車輛出入，媒體自然不會注意到這裡。」

「紗崎爲什麼會選擇在這裡盯梢？」

「住在小菅住宅的職員和親屬，可以自由使用看守所後方的門，日常生活也會開車進出。」

「不過影片裡看不到門。」

「大概是在鏡頭後方。因爲是單行道，其他車輛會從鏡頭遠處過來，主要應該都是要回家的居民。」

更讓人想不透了。玲奈是懷疑住在裡面的員工嗎？即使如此，他們上下班都在設施用地內，平日上午應該不會有什麼人外出吧。

不久，一輛輕型車駛來。坐在駕駛座的看似一名上年紀的女性，車速有點快，沒辦法清楚辨識，照這樣監視的效果實在不好。

桐嶋拿起遙控器快轉，幾輛車斷斷續續出現在畫面，淨是普通的小型家用車，也無法判斷裡面的人是員工或其親屬。

但就在此時，一輛明顯有異的車子開了過來。黑色的大型轎車，綠色車牌，是高級租車公司旗下的日產President。車子在接近鏡頭時減速慢了下來，可以清楚看到坐在後座的，是一名相貌威嚴的老年男性。

原來如此，桐嶋不禁感到佩服。大型車不得不慢下來，勉強在這條狹路靠邊停車。

話說回來，爲什麼這裡會出現高級出租車？桐嶋問道，「這是誰？所長嗎？」

一會兒後，又來了一輛高級出租車。這回裡面坐的是年長女性。

須磨說，「看來不是員工，應該是東京看守所視察委員會。」

「原來如此，光是委員會就有這麼好的待遇啊。」

「員工辦公室在西側的官舍，不過視察委員的身分是一般民眾，所以專用辦公室設在小菅住宅的四號棟裡，可以避開擠滿媒體記者的正面玄關，從後門出入。他們不住在裡面，還是要從外面進去。」

桐嶋內心一股感慨油然而生。玲奈開始行動了，為了洗清琴葉的罪名。

「可是……」桐嶋坦承心中想法，「視察委員會的成員可能跟案件有所牽扯嗎？」

「可能性相當大。」須磨說，「根據傳聞，那些委員在設施內部擁有特權，就算身分是外人，也能夠使用小菅住宅大樓。所長也無法完全干涉他們工作的內容。」

又一輛高級出租車接近。後座拉近的瞬間，桐嶋按下遙控器的暫停鍵。

暫停畫面的同時，桐嶋和須磨忍不住驚呼，後者身子向前傾。

陷入一時震驚後，須磨回過神拿起手機，玲奈是要他們確認這張臉吧。

桐嶋的手機裡也有同一張照片。他點開照片。眼角下垂，雙頰瘦削。

偵探會培養一雙銳利的觀察之眼。即使是經過數十年歲月的照片，依然看得出是同一人。就算髮量減少、皺紋增加、或變胖、變瘦，人還是有不會改變的部位，有整型也無法消滅的特徵。況且，現在電視螢幕和手機裡的這張臉，雖已有二十年左右的差距，但相貌的差別並不是很大。

可以斬釘截鐵地說，坐在高級出租車裡的人，正是姥妙悠兒。

桐嶋看著須磨，「姥妙爲什麼會加入視察委員會？」

「不知道。」須磨相當不悅，「姥妙雖然拋下工作、遭到學術界批評，但他終究不是通緝犯，也沒有前科。只要接受法務大臣的任命，民間的有志之士就可以成爲視察委員。」

「審查時會詢問相關學界人士，雖然姥妙不通過審查的可能性很高，也不表示他就絕對進不去。」

「不過用眞實姓名加入的話，名字就會被記載在名冊上公諸於世，我們不應該查不到的。」

桐嶋還未能從衝擊的情緒平復下來，同時卻也產生了某種複雜情感。

他實在不樂見現在的狀況。揭開市村凜的犯行後，他們討論到教授偵探技能給她的姥妙。之後，峰森琴葉被捲入殺人事件，而姥妙曾在現場出入。其中的關聯性太可疑了。

須磨拿起桌上的電話，對桐嶋說，「我馬上調查。把檔案銷毀，因爲峰森的關係，警方可能會來搜索辦公室。」

就算警方不那麼做，應公安委員會的要求，偵探事務所有義務必須隨時提供調查內容。留下不該被他人看到的東西，並非良策。

桐嶋用手機拍下電視的靜止畫面，姥妙的臉和時間標註都清楚呈現。他將這張圖片附加在郵件中，並寫下寥寥四字，「姥妙悠兒」。寄給玲奈後，隨即消除檔案。

他取出光碟，走到茶水間，將光碟放進微波爐中，啓動微波。十秒後，微波就讓光碟上蒸鍍的鋁膜剝離龜裂，不可能復原。

至於電腦的硬碟，光刪除檔案還無法讓人安心，必須完全破壞才行。

心跳逐漸加速。只要姥妙還跟社會保持深刻的連結，草率的行動就可能被他察覺。棋局已經展開，下一步就交給玲奈了。

18

玲奈將速霸陸Impreza停在東京看守所後方，坐在駕駛座上。手機發出一聲短響，玲奈伸手拿起的瞬間，全身血液都彷彿凍結。是桐嶋的來信，寫著一個名字，「姥妙悠兒」。

她整晚都在南千住的酒館街各處繞，找尋曾在看守所待過的收容人，從而得知視察委員會的存在。於是她守在此地，錄下進出的人員長相，交由須磨和桐嶋確認。只是她沒料到，姥妙竟會出現在其中。

她拆下朝車子後方拍攝的高畫質攝影機，看著小液晶螢幕，倒帶到圖片上標註的時間，再按下播放。緩緩接近鏡頭的高級出租車裡，有一個五十多歲、穿西裝打領帶的嚴肅男人。

這就是姥妙啊，將市村凜培養成地下偵探的男人，曾在這麼近的距離和自己擦身而過。

玲奈的警戒心和注意力，正逐漸恢復到從前的水準，她自己也感覺到了。雖然她看得專注，仍隨時警惕周遭，因此很早便發現路上正有人朝她走來。

玲奈並不慌張。既然她停在這裡，有保全或媒體來搭話也是正常的。更何況步步朝她接近的，還是之前見過的記者。對方今天沒拿麥克風，也沒帶攝影師，隻身一人向她走來。

逢坂笑瞇瞇地從副駕駛座一側張望著車裡。玲奈降下車窗。

玲奈願意和他交談，逢坂倒是頗爲吃驚。他開玩笑似地說，「我沒什麼事做，就想在看守所周邊晃晃，看來又走運了。紗崎玲奈小姐，不知妳在這裡做些什麼？」

玲奈不客氣地回話，「今天要在看守所前面連線嗎？」

「畢竟沒有其他地方可以調查了嘛。」

「要不要上車？」

逢坂雙眼發亮，狀似天眞地問，「可以嗎？」

「只要你發誓不找攝影師來。」

「當然發誓！」逢坂打開車門，鑽進副駕駛座。「請多多指教。」

讓記者坐進車，是因爲玲奈有想問的事。她將攝影機螢幕拿給逢坂看，「你知道他是誰嗎？」

逢坂端詳了好一陣子，歪著頭說，「不太清楚。這是在這條路上拍的吧，基本上我們不能拍攝採訪進出看守所的相關人士。唯一的收穫頂多就是清潔公司的歐巴桑而已。」

「聽過『姥妙』這個名字嗎？」

「沒聽過。」

「知道東京看守所視察委員會嗎？」

「那倒知道。我想說他們是外部人士，應該願意接受採訪，所以聯絡了七人中的久保田博文和橋本晃弘，不過兩個人都說很忙、沒時間。」

「沒有全部委員的照片嗎？」

「我才剛從特殊管道拿到名冊而已。畢竟他們算是一般民眾，考慮到隱私權，上頭不會讓他們在媒體曝光。大概是像裁判之類的角色？」

眞是一點用也沒有，玲奈令道，「下車。」

「太冷淡了吧，把男人用完就甩的女人，現在可不會受歡迎喔！」

肚子空蕩蕩的，玲奈還沒吃早餐。她轉向後座，從購物袋中拿出一個水煮蛋，開始剝殼。

逢坂也轉過頭去，頻頻偷看袋內物品，「爲什麼要買那一袋砂糖？」

「我習慣帶在身邊，好幾次都救了我的命。」

「不對吧，吃糖會減壽喔！」

才不是那個意思，玲奈不耐煩地咕噥，「算了。」

「妳說剛剛影片那個人叫『姥妙』嗎？他是誰？」

「誰知道。」

「我收到情報了。警察昨天傍晚抓到妳，後來又放了。所以是洗清嫌疑了吧，恭喜。不過，意思就是嫌犯另有其人了。」

「我不知道。」

「須磨調查公司，好像也有個一直沒去上班的女偵探。我在調查中知道了她的名字，是妳之前的後輩，我記得她叫峰森琴葉？」

「她不是嫌犯，別把無聊的故事當成可疑消息報導。」

「現在還不能放上節目，如果出現其他有力疑點，我再繼續追。」

這時，前方的大門打開，日產President從牆裡開出來。

現在已經是正中午，稍早的三輛高級出租車又依次離去。這次是誰坐在後座？玲奈凝神細看。

手幾乎反射性地發動引擎、繫上安全帶、換檔。

逢坂瞪大眼睛，「妳要做什麼？」

玲奈把攝影機塞給逢坂，邊出發邊說，「前面那輛車，拍下來。」

「我是在鏡頭前的人啊！」逢坂邊發牢騷，還是操作起攝影機，「那是什麼人物？爲什麼要跟蹤他？」

「不是要去追有力的疑點嗎？那就是了。」

「就讓我這樣搭便車，好嗎？」

「好好拍，別煩我。」

出租車的速度十分緩慢，雙方自然拉近距離，玲奈悄聲交代，「如果慢到停下來……」

「不要看前面車子的後照鏡，對吧？」逢坂嘻嘻一笑，「我知道。我們在追藝人時也要注意這些的。」

玲奈不再開口，廢話是不必要的。她單手控制方向盤，另一手拿起太陽眼鏡戴上。

逢坂見狀，嘲諷似地說，「偵探不是禁止戴太陽眼鏡嗎？」

「若對方也是偵探，就另當別論。要故意做出相反的舉動，才不會被同業看破手腳。」

「偵探？」逢坂挑眉，「誰是偵探？」

自然是前方日產President後座上的男人，姥妙悠兒。是時候揭穿他的眞面目了。

正午過後，街上車多了起來。姥妙乘坐的日產President，在瑞穗銀行綾瀨分行前的路邊停下。

玲奈也在一定距離外的路邊停下Impreza。

President的司機下車，打開後座車門，姥妙走了出來。他看似若無其事地維持警戒，盡可能以最低調的方式觀察四周，連路人都不疏忽。這正是一個偵探會有的行動。

姥妙走進銀行。玲奈關閉引擎，走出車子。

逢坂也從副駕駛座爬出來，「妳可別叫我在這裡等喔，我又不是妳男朋友。」

玲奈無視逢坂，快步向銀行前進，逢坂跟隨在後。

銀行裡意外清閒，姥妙正在櫃檯和女行員辦理某些手續。處理完後，他在等候區的椅子坐下，看樣子沒有注意到玲奈他們。

玲奈選在後面的位子坐下，逢坂也坐在鄰座。

逢坂竊竊私語道，「妳是想知道他的本名嗎？全名？」

這話是什麼意思？玲奈有些摸不著頭緒。「是啊。」

「好好，就交給我。」

他想做什麼?玲奈感到不安。正要詢問時,櫃檯的女行員喚道,「樫山先生。」

姥妙起身,同時,逢坂也站了起來。

女行員困惑地看著兩人,隨即換了個叫法,「樫山睦紀先生。」

逢坂坐下,得意洋洋地看向玲奈。

玲奈一點也不感到佩服,反而焦躁起來。這種做法確實可以得知目標全名,是偵探的入門技巧,但顯然不適合現在的情形。更不用說逢坂是在電視上露臉爲生的,更加不適合這個方法。

姥妙稍微朝後方看了一眼,但不像直視到了玲奈,也沒有動搖的感覺。他信步走向櫃檯,女行員遞給他一本存摺,說了些話。姥妙點點頭,將存摺收進懷裡,走向銀行出口。

逢坂站起來,小跑步追了上去。玲奈緊揪著心跟在後面。

一出銀行,玲奈隨即察覺到異樣,拉住逢坂的手臂,阻止他繼續前進。

姥妙悠然坐進日產President,對他的觀察到此結束。兩個身穿長袖黑襯衫的男子,朝這裡走過來。雖然身形瘦小,但狠瞪著他們的眼神相當凶惡。頭髮剃得很高,掛著耳機,一人脖子上有刺青,另一人留著絡腮鬍。

逢坂整個人僵住了，玲奈扯扯他的手臂，急步走向速霸陸Impreza。

逢坂慌忙跟上，邊看後方邊緊張地說，「那些傢伙是怎麼回事！居然光天化日之下威嚇我們。他們跟過來了！」

玲奈煩躁地回話，「你那種做法當然會被注意到，對方也是偵探。」

「偵探？到底是怎麼回事，他可不叫什麼『姥妙』。他叫樫山睦紀，我好像在哪聽過這名字。」

回到Impreza旁，逢坂匆忙鑽進車裡，玲奈也打開車門，坐進駕駛座。

黑襯衫男停下腳步，或許是覺得時間很充裕，他們悠哉地跨過人行道護欄。前方路邊停了一輛本田Stepwgn，應該是兩人的座車。

對方在銀行外守候的位置很好，玲奈想。無法預測會從哪個方向出現，旁人甚至不能察覺其存在。他們不只是單純的護衛，至少也具備對付偵探的技能。

已經無暇去管日產President，玲奈急催油門衝了出去。Stepwgn跟在後方，那態勢已完全不是跟蹤，而是強力追逐了。

玲奈加踩油門，Impreza不愧是飆車族青睞的車種，加速力和機動力都勝過追逐者。幾次接連的超車後，終於與Stepwgn拉開距離。

逢坂單手拿著手機大叫，「有了！就是他。樫山睦紀，精神分析醫師，是視察委員會的一員。」

「那是假名。」

「怎麼可能，他在櫃檯申請到存摺了吧？假名沒辦法開戶的。」

他是如何用「樫山睦紀」這個假名辦理身分證的？他既是精神分析醫師，還是看守所的視察委員，應該不是靠外出勞動者手冊。爲了獲得法務大臣的信賴，他必須先建立起足夠的背景資料。他究竟有何目的？

「沒有，只是拉開距離而已。」

逢坂不安地朝後方看了幾次，「是不是甩掉他們了？」

「說不定只是看到我的臉，想派人告訴我他拒絕採訪而已。」

移動到沒有其他耳目的地方，就能看出對方的企圖，不過必須先做好準備。

前方有自助加油站，玲奈將Impreza開進去，目前還看不見Stepwgn的車影。

一停好車，玲奈就轉身翻找後座的購物袋，抽出一個礦泉水玻璃瓶。這種瓶子的口徑大，應該合用。玲奈下車，轉開瓶蓋，倒光裡面的水，接著插進高辛烷値汽油的加油噴槍，在機器投入千圓鈔票，將汽油注入玻璃瓶中。

逢坂從副駕駛座探頭張望，驚訝不解地問，「妳在做什麼？」

汽油已經裝到七分滿，玲奈眼角瞄到Stepwgn，對方車體狂暴地左搖右晃，衝過紅燈。玲奈回到駕駛座上，整個車裡充滿汽油味。她把玻璃瓶插進杯架，再次催下Impreza的油門。

這般不顧一切的放縱，靜靜將玲奈帶回過去。她始終都是這樣活過來的，今後也必然會是如此。

19

玲奈駕駛速霸陸Impreza沿著荒川奔馳，開下斜坡來到河岸用地。這裡是舊時的船隻停泊處，位在西新井和千住新橋兩片綠地的中間，如今雜草叢生，只剩下混凝土碼頭和生鏽的繫船柱。

玲奈在碼頭勉強迴轉後停車。那輛本田Stepwgn應該也快到了。

逢坂著急地問，「爲什麼要到這種地方？」

這裡沒有監視器，附近也看不到其他建築物，這正是原因。只要沒有監視器，對方就不會有所顧忌，也能清楚得知他們有何目的。只是恐怕追來的不僅僅一輛Stepwgn，姥妙的護衛應該不只兩人。

沉默片刻，逢坂把手機伸出車外，好像開始錄影了。

玲奈有些心不在焉，茫然拿起後座的購物袋，將半熟蛋的蛋白滴進裝了汽油的玻璃瓶中，再加入砂糖後旋緊瓶蓋，上下搖晃整個瓶子。

逢坂將手機鏡頭對準她，「您正在做什麼？」

說話突然變客氣了。玲奈按下車內點菸器的插座，「你打算用來做節目？」

「這我的工作嘛。」

斜坡上有動靜了。玲奈說，「拍他們更有新聞價值吧。」

逢坂將鏡頭轉向斜坡，大吃一驚。

Stepwgn後方還跟著另一輛車，是豐田的FJ Cruiser。兩輛車都在距Impreza一段距離處停車，走下來的除了兩個黑襯衫男子，還有四個做嘻哈風打扮、粗短矮胖的人，手上或拿木刀，或拿著球棒、鋸子。

「這下慘了。」逢坂雖害怕地咕噥，但隨即露出認眞的臉色，似乎下定決心了。他開門下車，邊用手機對著那些男人錄影，邊走向前去。

玲奈留在駕駛座上，呆望著逢坂獨自離去的背影。

「嗨！」逢坂愉快地打招呼，「我是記者逢坂結翔。不知是否方便跟各位說幾句話？」

聲音在顫抖，但還是表現出一定的膽量，這令玲奈不得不認可他。按一般情況來說，以媒體身分做爲擋箭牌，可以避免遭受暴力對待，逢坂想必打的就是這種天眞的算盤。

但現實是殘酷的。其中一個男人毫不客氣地走近逢坂，一把搶走他的手機，扔到地上猛踩。逢坂嚇得縮起身子。

兩個黑襯衫男則分別拿著木刀，悠然走向Impreza。他們就是剛才在銀行前碰到的刺青男和鬍鬚男。玲奈降下車窗。

刺青男朝著車內睨視，「下來。」

玲奈仍穩穩坐在駕駛座上，「你們是姥妙的徒弟？」

「在說誰啊妳！」

鬍鬚男插嘴道，「這傢伙不就是紗崎玲奈嗎？連我們都是她跟蹤下手的目標。」

馬上就開始被害妄想了？玲奈問，「哈泊度吃太多了吧？」

「那種安慰劑哪有什麼效果！」

露出馬腳了，玲奈想。哈泊度是一種抗精神病藥物。對方既然特地跑去查了處方藥的慣用名，可見藥物沒有成效。

玲奈說，「大概是妄想型人格障礙，所以是市村凜的師兄弟啊。」

鬍鬚男暴吼，「把她拖出來！」

門鎖已經解除，車門一打開的瞬間，玲奈便壓低姿勢飛撲到車外，翻滾在地。憑藉新體操的技巧伸直身體，在腳底觸地的同時站直挺立。接著從刺青男身後，將車門由外向內用力關上，狠狠夾住刺青男的手臂。刺青男慘叫一聲跪地，木刀也扔到一旁。

玲奈撿起木刀轉身，不給鬍鬚男擺好姿勢的機會，全力朝他的臉水平揮過去。握著木刀的手傳來麻痺感，鮮紅色的物體在眼前飛散，是鬍鬚男的鼻血。玲奈順勢轉身，朝趴倒在地上的刺青男反覆狠踹。此時在視線一角，背後的鬍鬚男正搖搖晃晃伸出手，玲奈回身以木刀垂直揮下，重重落在對方頭頂上。隨即再一發接著一發，毫不留情地持續從側面毆打鬍鬚男的頭。

兩人終於失去抵抗的力量，癱軟趴倒在地，玲奈喘著氣抬起頭。

剩下的四名壯漢正看著她，其中一人揪著逢坂的衣領，但隨即放手，朝玲奈衝來。

另外三人也怒目圓睜地衝了上來。

玲奈從車內拿出玻璃瓶，將點菸器拔出插座，丟進瓶裡，立刻旋緊瓶蓋，向奔過來的男人腳邊砸去。

玻璃瓶碎裂，爆出炫目的閃光與劈裂耳膜的轟隆聲，接著巨大的火球猛烈膨脹，周遭一帶為之震動，火焰如海瞬間蔓延開來。彷彿岩漿噴發的場景覆蓋視野，將一切燃燒殆盡似的高溫化作暴風襲來。

火柱在數秒後即衰弱下來，但周邊已覆滿黑煙，各處仍有雜草在燃燒。一個男人的衣服著火，邊喊叫邊衝向河川；另一個男人全身黑如煤炭，仰躺在地；剩餘兩人則朝車子的方向落荒而逃。

空氣中滿是惡臭，玲奈不斷咳嗽，頻頻擦拭眼淚。她跪在倒地的鬍鬚男旁邊，翻找他的口袋，但一無所獲。把他的鞋子脫了，裡面也沒藏駕照。但玲奈還是找到了手機，她抓起刺青男癱軟無力的手腕，將大拇指按在指紋認證區上，順利解鎖手機。

手機裡自然沒有登記使用者資訊，通訊錄也沒有資料，通話紀錄和收寄件匣同樣空蕩蕩。不愧是姥妙的徒弟，徹底執行所學。手機裡還有能完整刪除資料的應用程式，這種程式會持續覆寫磁區，讓資料完全無法還原。

然而點開記事本時，卻出現了僅僅一行字，「變形蟲　GP-157」，下面寫著080開頭的電話號碼。

大概是備忘錄，也有可能只是單純的私人筆記，但不能就這樣忽略它，玲奈撥打上面的電話。

電話響了幾聲後，一個上年紀的女人聲音粗魯地接起電話，「喂？」

玲奈說，「我要跟您說『變形蟲』的事。」

「找到了嗎？」女人拉高聲音，隨即又警戒起來，「妳是誰？田村呢？」

刺青男的姓氏是田村吧。玲奈淡淡地說，「田村先生拜託我找到的，所以我想應該由我這邊來聯絡，就跟他借了手機。」

「嗯，眞的找到了啊。」

「是的，托樫山先生的福——或者我該說是姥妙先生。」

「妳說的人我都不知道是誰啊，隨便都好。不過狀態好嗎？我先生說了，傷痕很多就不行喔！」

「沒問題的，我馬上替您送去。」

「這樣啊，那就下午三點，在東京麗思卡爾頓酒店的會客廳。」

「我知道了。」玲奈掛斷電話。

玲奈沒有特意詢問對方的姓名和服裝等資訊，從那個女人的態度看來，這些是理所當然要知道的，不應該開口問。

玲奈轉身，一張滿臉碳黑的臉就在眼前。逢坂的雙眼充血，呆滯地看著她。

遠處傳來汽車引擎聲，煙霧冉冉自火中上升，Stepwgn和FJ Cruiser消失在模糊的另一端。看來是丟著身受重傷的同伴不管，一人分別開著一輛車逃走了。

逢坂沙啞地抗議，「想不到妳居然是不折不扣的超激進派啊。」

玲奈把手機畫面湊到逢坂的鼻子前，「你知道這是什麼嗎？」

逢坂嘆了口氣，盯著那行字，「是滾石樂團吧！《變形蟲》是他們的專輯名稱。」

「對方說如果傷痕很多就不行。」

「那就不是CD，是在說黑膠唱片嗎？這種唱片可能有復刻版，不過如果指的是原始版本，那可是超稀有的商品。所以這個怎麼了？」

「這找錯人了吧？」

「偵探事務所不時就會接到這類案子，委託偵探尋找難以取得的高級品。」

「是找錯了。不過如果是地下偵探，業餘時間承接這種案子也並不罕見。」

「還會留下筆記的話，應該不是什麼重要的工作吧。」

確實如此，對方沒有把工作內容視爲必須隱藏的秘密。但委託人之所以會要求獲得難度高的物品，是因爲她也承諾了相應的謝禮吧。玲奈不認爲受託尋找唱片的只有一人，女人很可能委託了姥妙所有徒弟。不僅如此，恐怕她的手機通訊錄裡，也記錄了每一位偵探的姓名資料。那個女人稱呼她僱用的偵探時，直接叫「田村」而非「田村先生」。她不知爲何如此傲慢，委託人和偵探的權力關係反轉了。

謀求金錢以外的報酬，這樣的情況在偵探界頗爲常見。有時會以要求提供情報爲交換，滿足對方的需求，這個案例似乎也屬於此類。

這不僅僅只是單純的交易，或許還有機會窺見姥妙一派的內部實情。玲奈認爲有追下去的價值。

逢坂出聲喚她，「喂。」

「什麼事？」

「妳知道自己做了什麼嗎？」

「當然知道。倒是你，能理解發生什麼事了嗎？」

「欸。」逢坂敷衍地一哼，「剛剛那些到底是什麼啊？」

「是反偵探課的日常。」玲奈說，「跨越法律的底線，這就是偵探業。一旦同業之間開始相互破壞，便很容易發展成這種情形。」

「這算是日常？爲什麼要捲進那種跟黑社會沒兩樣的糾紛啊？」

「去問姥妙啊。他用『樫山』這個名字在看守所裡坐擁特權，只不過是跟蹤一下，就教唆偵探徒弟對付我們，你也看到了。」

「快報警吧！讓警察負責才是明智的決定。」

玲奈冷淡地轉向Impreza，「別說笑話了。」

「我正好身在案發現場，有報導的義務。」

玲奈心裡一股火冒上來，她逼近逢坂，「你還不明白嗎？這裡沒有監視器也沒有目擊者，我否認參與這件事，也沒有指紋留下。你覺得光憑這樣，上司會讓你用本名報導嗎？」

「這是可疑女偵探事件的全新進展！」

眞是電視台最愛的路線，玲奈冷冷想著。不過以現在的情況來看，確實會希望這能釀成大新聞。警方已經將我排除在嫌犯名單之外，但只要社會大眾繼續認定我是危險分子，深信我就是「那個女偵探」的話，反而更如我所願。

她坐進駕駛座，正要關上車門時，逢坂伸手阻止。

「等等。」逢坂正色道，「妳其實希望自己被懷疑嗎？莫非妳是想包庇之前的同事──峰森琴葉？」

玲奈沒有回答。姥妙設局陷害琴葉，就如同市村凜再現。這次我不會再迷惘了，就算琴葉選擇她姊姊，就算她說我死了也沒關係，我內心所想的始終如一。

那總是如影隨形的後悔，一定也能擦拭乾淨。

逢坂加強語氣，「像這樣不斷犯罪下去，妳最後是打算怎麼辦？妳想要自我毀滅嗎？」

沁出苦澀的憂愁，占據玲奈內心。她望向朦朧遠方。記者第一次切中要點。

她茫然地呢喃，「只要琴葉能回歸平穩的生活，那就夠了。」

「什麼跟什麼啊？」逢坂含糊帶過，「不不，總之，如果妳是想犧牲自己的話，那還是收手吧！」

「爲什麼？」

「要珍惜自己啊！」

「但這樣就無法揭露眞相。」

逢坂焦急地抓抓頭，「好，我知道了，那我也要繼續追這條新聞。不是爲了收視率，而是因爲追尋眞相本來就是記者的工作。我來助妳一臂之力，所以別再這麼亂來了。」

「爲什麼要說這些話？」

「不能丟下美女不管吧？別逼我說出來啦。」

玲奈看著逢坂。後者臉上露出笑容，但眼睛裡卻沒有笑意。

有件事非問不可。玲奈輕聲說，「你有家人嗎？」

「安心吧，我有老婆也有小孩。」

窪塚的身影閃過腦海。還有在那個下雪的教學參觀日，柚希抬頭望著她的眼神。

玲奈衝動地關上車門，「那就不行。」

「爲什麼？難道單身比較好嗎？原來妳迷上我啦？」

「別開玩笑了。」玲奈不悅地反駁，但立刻注意到現在不是爭論的時候。遠處傳來喧囂的警笛聲。

玲奈說，「盡可能先把視察委員會的樫山睦紀調查清楚。和偵探相比，記者似乎更有效率。」

「在我完成調查前，可以先請妳乖乖按兵不動嗎？」

「晚上七點，我會打電話到電視台。」玲奈發動引擎。

逢坂趕忙叫，「讓我上車！現在還不相信我嗎？」

「任何人都不能相信。」

「警察來了我要怎麼說？」

「就看怎麼說會有收視率，隨便掰一下吧？那是你的專長吧。」玲奈眺望著倒臥在草叢各處的男人，他們身上沾滿血跡，但看來都還有意識，只是一臉痛苦，倒地不起。玲奈的視線回到逢坂身上交代他，「如果警方提到我的名字，你要否認，就這樣。」

踩下油門，奔馳而出的Impreza在荒地上劇烈顛簸，玲奈任由身體隨車搖晃，向後照鏡瞄了一眼。逢坂攤開雙手，但他的身影很快便消失在濃濃黑煙中。

20

下午一點半，玲奈駕駛著Impreza，沿首都高速公路往東京都心移動。抵達神田神保町的中古唱片街，玲奈將車停進投幣式停車場。

用手機搜尋《變形蟲》，得知是於一九七五年發行的專輯，編號「GP-157」應該是當時的日本國內發行版本。

她從街道一端開始逐一搜尋各家小店，直到第七間才終於找到。封套不僅已經褪色，各處都有折痕。唱片本身幾乎沒有損傷，但溝紋中累積了灰塵，整體覆蓋著薄薄髒汙。這樣程度的商品也要價兩萬圓。

玲奈二話不說買下唱片，她本來就不認爲，可以在短時間內找到委託人理想中的物品。

在附近的雜貨店買了木工用的接著劑後，她回到停車場，在車子裡開始準備工作。先將唱片的兩面都塗滿接著劑，把車內空調的暖風開到最強，直到接著劑完全乾燥硬化。接著，將形成白色膜狀的接著劑剝除，如此一來就完全清除了溝紋裡的塵埃，讓唱片恢復閃亮光澤。

這種處理騙不了專業蒐藏家，但從女人在電話裡的口氣聽來，她應該只是幫丈夫收取物品而已，只要當下能應付過去就夠了。

玲奈發動引擎，前往新橋站。已是下午兩點多，她走進一間便宜的西服店，挑選了藏青色的上班族風西裝外套及短裙，連背心、襯衫和高跟鞋也一併購入。

接著，她徒步前往附近的愛情賓館。玲奈獨自進房，脫掉身上現有的衣服，沖澡後換上剛買的套裝。方才造訪過的幾間店家，無不爲她身上的汽油味蹙起眉頭，因此和交易對象見面前，她必須先梳洗一番才行。

十五分鐘後，她從賓館退房。如果回到車裡，又會沾染上相同氣味，於是玲奈不開Impreza，選擇搭電車。從ＪＲ轉乘地下鐵，將近三點時，她跑上大江戶線六本木站的八號出口階梯，到達東京中城。

東京麗思卡爾頓酒店的會客廳位於中城塔四十五樓，玲奈胸前抱著唱片，徘徊在豪華絢爛的寬廣大廳裡。

某處突然傳來電話裡聽過的女人聲音，「喂，妳在發什麼呆啊？」

一名白髮婦人抬頭看著玲奈。她戴著一副蜻蜓般的圓眼鏡，身穿顏色招搖的荷葉領大衣，圍著光華柔亮的圍巾。

全身上下盡是仿冒品，看來是暴發戶，玲奈想。婦人也沒請玲奈坐下，只是向她伸出手，玲奈遞上唱片。

「妳遲到了。」婦人板著臉說。她仔細端詳封套的正反面，取出唱片，鉅細靡遺地檢查表面，「封套破破爛爛的，也沒有附邊條，這樣符合我先生說的標準嗎？」

桌上隨手丟了一個兔毛鑰匙圈，連接著一個點波式鑰匙。這種鑰匙難以複製，搭配的鎖也很難撬開，至少就社會大眾的常識來說是如此。

玲奈若無其事地拿出自己的手機，將相機鏡頭對向鑰匙，裝做在看手機螢幕的樣子，趁機按下快門。她事先已將手機設置爲靜音。

婦人似乎已確認完畢。她將唱片收回封套內，抓起鑰匙圈放回手提包，慢慢站起來，準備離去。「就給妳埋單了。」

玲奈對著她的背影說，「如果方便的話，我想現在跟您收取謝禮。」

「啊？」婦人轉身瞪視玲奈，「別得意忘形了，五十萬跟這張唱片才是謝禮吧！妳知道我花了多少工夫才說服我先生嗎？」

「抱歉，是我失禮了。」玲奈輕輕點頭。

「麻煩妳也要好好轉達給田村知道啊。」婦人邊咕噥抱怨著離去。

玲奈喚來服務生埋單，同時眼神緊追婦人，後者正朝電梯走去。

等不及結帳了，玲奈在桌上放下一張萬圓紙鈔，急忙走出會客廳。

接近電梯間時，玲奈倏地停下腳步。婦人正站著講手機。玲奈假裝欣賞牆壁的裝飾，豎耳聆聽婦人的談話內容。

婦人興奮地喋喋不休，「對啊，真的拿到了！吶，我人就在附近，你能離開工作一下嗎？等等見個面吧，我在侯布雄等你。」

電梯門打開，婦人走進電梯。玲奈選擇搭乘另一台電梯。侯布雄法式餐廳有幾家分店，現在要吃晚餐還早，如果沒有預約，不太容易進入惠比壽的獨立店面。她說的一定是六本木之丘裡的分店。

一小時後，玲奈佇立在六本木之丘HILLSIDE二樓廣場的人群中。侯布雄走咖啡店風格，牆面由大片玻璃取代，內部狀況可以由店外一覽無遺。

和婦人同桌的是，一個戴著老花眼鏡、初老禿頭男子。他的外表不修邊幅，西裝滿是皺褶，給人十分頑固執著的感覺。見到唱片封套，男人的表情就嚴肅起來，觀察裡面的唱片後，更是氣得站起來怒罵。店外雖然聽不到聲音，但看得出他怒不可遏。店裡其他客人也不約而同回頭看著他們，婦人滿臉通紅，神情倔強地回嘴。最後就在一道菜都還沒上的情況下，男人憤憤離席，走出餐廳。由於沒有偵探的專業訓練，他的行動可說是極度缺乏警覺性。

玲奈開始跟蹤男人。男人進入大樓，搭乘向上的電梯。像是要排解怒氣般，他反覆進出各家店面，最後走進一間手機門市。店內意外擁擠，不知道男人要辦理什麼手續，他抽了號碼牌，在等候區坐下。

玲奈也走進店裡，對前來招呼的店員表示自己只是隨意看看，店員便轉去服務其他顧客。

玲奈心生一計，開始行動。商品架附近有一疊針對新客戶的問卷調查，她迅速抽了一張夾進板夾，也順便跟店家借了一支原子筆。

目標男子正坐在等候區專心閱讀雜誌，店員忙著接待顧客，都不在男人附近。

玲奈走向前去，彬彬有禮地對男人說，「歡迎光臨。」

男人茫然抬起頭，回了一聲「啊」輕輕點頭。玲奈穿著的上班族套裝，和其他店員的服裝大相逕庭，但男人並沒有注意到這點。

玲奈接著說，「敝店現正實施促銷活動，若您方便幫忙填寫問卷，就可以獲得一個月的通話費免費優惠。」

「一個月？」男人看著玲奈手上的夾板，「還要用抽的嗎？」

「不需要，凡是有登錄的人，都能享受到這項優惠。雖然會占用您一些時間，是否可以請您幫我填寫這幾項資料呢？」

男人雖然面露疑惑，終究還是接過夾板說，「好啊。」

玲奈遞上原子筆後，自己退至遠處。周圍的店員各自忙於招呼客人，玲奈看見其中一位店員朝著男人走去，便上前叫住店員。

她假裝在聆聽商品說明，其實正偷偷觀察遠處的男人。直到廣播叫到男人的號碼，男人慌忙加速填完問卷，起身朝櫃檯走去。

玲奈走向前伸出手，男人順勢遞出夾板，玲奈向他道謝。

店員一臉詫異地看著他們。男人等一下八成會跟櫃檯詢問免費優惠的事，此地不宜久留，玲奈快步離去。

她邊走邊瀏覽問卷，男人的身分和個人資料全記載在上面了。大塚喜代司，五十二歲。妻子名爲衿子，膝下無子。住址位在港區六本木八—一二，翔總花園住宅七一二號室。工作欄位寫著赫赫有名的大型報社，部門是編輯中心。

21

與盛夏時節相比，太陽要傾斜得更早。過了下午五點後，鮮明銳利的秋日光輝，也會顯出豐美潤澤之色。三田一丁目的老舊街道染成一片金橙，玲奈獨自上門拜訪相識已久的鎖匠。

介紹她來這裡的人是須磨。鎖匠是一位外表七十多歲的老先生，玲奈也跟著須磨稱呼他爲「仁先生」。

如同往常，仁先生板著一張臉迎接客人。玲奈詢問是否能再次借用後面的工作室，仁先生只是默默擺了擺手，意思是同意了。

玲奈窩在工作室裡，開始進行作業。她放大手機拍的照片。「點波」的意思就是小凹洞，顧名思義，「點波鑰匙」的特徵並非削去邊緣，而是在尖端刻有數個凹洞，以不同的凹洞組合構成不同鑰匙。正反面圖案相同，因此只要看到其中一面，就能知道整把鑰匙的構造。

凹洞分爲五種深度，分別是〇、〇·二三、〇·六二、一·〇、一·四二，單位是毫米，放大照片就能輕鬆識別。製造商是SHOWA，樣式爲X Cylinder。在鑰匙孔中，鎖筒的制動栓是以一列八個、共兩列的形式排列，其中一半是完全無下凹的〇毫米，剩下一半只要參考照片刻出來就行。

工作室的垃圾桶裡堆滿製作失敗的鑰匙，玲奈挑出幾支同款的，和照片的凹洞位置相同的部分愈多愈好。太深的凹洞用環氧樹酯補土填上，太淺的則用銑刀的鑽頭小心翼翼地挖深，再用卡尺測量凹洞深度，調整至〇·〇一毫米的精準度。

房間一隅的電視正播放新聞節目，螢幕裡傳來有些熟悉的聲音。玲奈抬起頭。

逢坂站在河岸邊報導，「襲擊我的人身分不明，或許有不知名的組織由於過往的採訪經歷，對我個人懷有恨意。但我身為一個新聞人，無論發生什麼事，都必須將眞相傳達給各位觀眾，這是我全心全意的覺悟！」

玲奈找出遙控器，關了電視。這個男人，就算碰上挫折，也不忘要從中撈一筆好處，無論發生什麼事，都要趁機宣傳自己。不過玲奈還是很感激他沒有透露詳情。

大約三十分鐘，鑰匙就完成了。玲奈將給仁先生的謝禮放在工作檯上，走出鎖店。

時近黃昏，玲奈徒步返回六本木。一邊朝著大塚喜代司這個男人的家前進，一邊也用手機上不動產情報站搜尋資料。

玲奈調出「翔總花園住宅」的資料，根據平面圖掌握了712號室的位置。從鳥居坂遠眺公寓高塔，可以看見七樓的712號室亮著燈。

當時，衿子詢問過丈夫喜代司能不能離開工作一下，喜代司後來在手機門市停留，應該是要打發回公司前的時間。從門市離開後，喜代司很有可能會回去公司。

保險起見，玲奈還是打電話到報社的編輯中心，詢問大塚喜代司先生是否在公司。對方請她稍後，等聽到喜代司的聲音說「喂？」之後，玲奈便掛上電話。她要是說話，喜代司就會發現她是剛剛那個女人。

喜代司還在公司，因此屋裡只有衿子一人。

大樓前沒有其他人影，大門如預料中有自動鎖，但這不是問題。玲奈用田村的手機撥打衿子的電話號碼。

衿子接電話的聲音十分不悅，「喂？」

玲奈說，「如果想要好的唱片，就帶著五萬圓到六本木ALMOND（註）來。一個小時後我就把唱片敲碎。」

掛斷電話後，玲奈關閉手機電源，徹底拒絕對方來電，並隱身在大門邊的陰暗處。過了一段時間，自動門打開，衿子氣喘吁吁地走了出來，嘴裡兀自咒罵著，快步遠去。

玲奈走近大門，在自動門關上前敏捷地滑了進去。她不在意是否被監視器拍到，只要沒有留下侵入的痕跡，警方就沒有調查的依據。

她搭乘電梯一路來到七樓，在712號室前停下腳步，將剛製作好的點波鑰匙插入鎖孔，順利開鎖。玲奈無聲溜進屋內。

兩房兩廳附廚房，裝潢風格雅致時尚。或許因爲沒有孩子，給人一種自由自在的感覺。衿子的房間吊掛著各種衣物，房間本身儼然就是一個衣櫃。而喜代司的房間，則有滿滿一面牆、無可計數的黑膠唱片，各自用畫框裱起來，形成一個封面展示牆。唱片一律是西洋音樂。毫無疑問，他是眞正的蒐藏家。

這裡雖說是六本木的公寓高塔，但位置離車站有一段距離，居民並非一定是富裕人士。任職於報社的大塚喜代司，也是屬於憧憬著富人階層的小康之輩。年收入將近千萬圓，外表光鮮亮麗，興趣也相當花錢。但實際上扣除房貸後，手頭剩餘的資金其實不多。

他大概是爲了在本薪之外能多賺點外快，才會接受田村等姥妙一派的某種委託，而五十萬圓和《變形蟲》就是謝禮。雖不是什麼高額報酬，但那想必是只有喜代司才能完成的工作。既然妻子也是共犯，他就有可能把相關線索帶回房間。

雖說要尋找線索，但喜代司的房內物品清一色皆與嗜好相關，即使櫃子裡有一些報紙，但還是完全見不到任何工作用品。玲奈一一檢查收納處，發現了一個旅行用的軟布

註：六本木知名甜點店。

行李箱，兩個拉鍊拉頭用密碼鎖扣在一起。

對偵探來說，這樣的上鎖毫無意義。玲奈將兩個相連的拉頭一併拉到拉鍊一端，從筆筒裡抽出一支原子筆，將筆尖硬插進拉鍊的縫隙間，水平移動原子筆，便將拉鍊的兩邊分開，輕鬆打開行李箱。

裡面放了幾張薄薄的灰色紙張，尺寸爲A4大小。

玲奈腦中浮現一個想法。她單手取來堆在附近的報紙，左右手同時感受兩邊的觸感。

是相同的，行李箱中的紙，和報紙印刷用的紙一樣。

拿開所有紙張一看，行李箱底部躺著一台筆記型電腦。

玲奈打開電源。和偵探相比，普通人的危機意識實在太低落。喜代司大概覺得剛才的密碼鎖就算安全裝置了，因此電腦系統沒有設定任何密碼。

資料夾的排列中，有著不自然的空格。玲奈從錢包中取出一張SDXC記憶卡，嘗試使用還原軟體，成功讓一週前刪除的資料夾重回桌面。

資料夾裡有玲奈沒見過的檔案圖示。打開檔案，原來是報紙的全版新聞。如果是掃描實體報紙產生的圖檔，整個版面會同時出現在畫面中；但如果是標題、照片等物件依次顯現，就表示這應該是工作用的ＤＴＰ排版軟體（註）做成的原稿檔。

新聞的標題是「東京看守所發生殺人事件」。玲奈覺得很奇怪。不以「不明死亡」描述，而直接斷定爲「殺人」。還有新聞的日期、被害者……很不對勁。

沒有時間詳讀，玲奈將檔案複製到ＳＤＸＣ卡後，再次刪除檔案夾。

已獲得線索了。她拔去記憶卡，關閉電腦電源，和那幾張紙一起收回行李箱。關上行李箱後，將一端的兩個拉鍊拉頭水平往另一端拉，拉鍊便完美地結合回原狀。接著把行李箱放回原位，整個房間便和最初的模樣如出一轍了。玲奈輕哼一聲。

走出大門，用點波鑰匙上鎖。她不走電梯，改由大樓外的逃生梯下樓。

天空顏色已經轉暗，殘存的一抹藍影，也向著西北角逃竄而去。眺望著逐漸遠行的微光，一股莫名被遺棄的不安，隱約掠過玲奈心中。

註：Desktop publishing，又稱桌上排版，指通過電腦等進行紙張媒體編輯出版的總稱。

22

晚間七點整，玲奈打電話給逢坂。兩人約在代代木上原站附近，井之頭通旁的小酒吧。才剛在窗邊的位置坐下，逢坂就將手中的兌水威士忌一飲而盡。

他先細細品嘗了威士忌的滋味，才又低下頭來，視線投向玲奈面前的飲料，「那是氣泡水吧？」

「我討厭酒精。」玲奈說，「你查到樫山睦紀什麼資訊了嗎？」

「別急嘛。」逢坂放下玻璃杯，懶洋洋地在手提包裡翻找，「明明很擔心峰森琴葉的安危，卻這麼冷靜。」

玲奈沉默不語。因不安而擾亂心神，一點意義也沒有。她已實際經歷過各種選擇下的結果。她沒能拯救咲良，雖拯救了琴葉，兩人的心卻依然分離。即使如此，更重要的自然還是琴葉能平安無事。至於自己的思念，只要封閉起來就好。

逢坂拿出一本資料夾放在桌上。文件上疊著照片，一個年約五十歲的男人，在照片中露出一本正經且輕蔑的神態。這確實就是他們在東京看守所外，那台高級出租車後座看到的人。他身穿白袍，帶著些許做作的威嚴。

逢坂說，「他在財團法人兩塔西醫院的精神科任職，兼任心理諮商室室長，是眞正的精神分析醫師。」

「精神分析醫師跟精神科醫師不同吧？」

「沒錯。精神分析醫師必須經過日本精神分析協會，或類似的海外學會訓練後，取得該協會和國際精神分析學會的認證。如果只是這樣的話，只能稱爲精神分析『師』，如果要冠上『醫師』的頭銜，本身就要先持有醫師執照才行。我確認過了，樫山的經歷並無造假。」

玲奈取出資料夾裡的文件，快速瀏覽一番後，指出某個令她在意的部分，「獲得精神分析醫師認證的年份是二〇一四年（註）？他進入視察委員會，也才是今年春天的事。」

「他是在二〇一三年才取得醫師執照，不過也有不少人年過六十才去考醫學院，這點並不奇怪。只不過在那之後，他很快就成爲精神分析醫師，或許他在這方面不是菜鳥，知識跟經驗都很豐富吧？不然也可能是有特殊門路。」

註：本書原文版於二〇一五年七月出版。

文件上只有記載他成爲醫師後的個人履歷，玲奈問，「在這之前呢？」

「東京看守所視察委員的個人資料中，似乎時常省略過去的經歷。直接說重點，我確認過樫山的戶籍，沒有問題。雙親都在三年前相繼過世，兩人也都登記在戶籍上，是眞正的父母無誤。」

就算這麼說，這個男人的眞實身分應該是姥妙悠兒才對。他如何僞裝戶籍地？

逢坂似乎知道玲奈在想什麼，「那個姥妙就是以前很有名的一位精神科醫師吧？只是不知道現在人在哪裡、做些什麼就是了。」

「你找不到姥妙的照片嗎？」

「目前是找不到。不過根據傳聞的描述，他們倆確實有相似的臉部特徵，年紀也差不多。但我還是沒辦法認同，爲什麼他要扮成其他人？又不是說有前科。」

「因爲他突然失蹤，在學界失去了信用。」

「所以之後就要一直用假名走江湖嗎？一旦曝光，他更得不償失啊。就算姥妙再怎麼深居簡出，多少還是有幾個人認識他吧。」

「誰知道，或許因爲他非常想加入視察委員會吧？畢竟那也算特權階級。」

「或許吧。我只是稍微查了一下，就發現驚人的事實一個個跳出來。他們早上上班前會順便去一趟看守所，美其名是進辦公室討論事情，實際上只是去蹭個飯而已。整個白天他們都可以隨時進出，到處走動，也可以進入警備室。無論是裡面的職員、外面的業者還是收容人，任何人他們都可以傳見，而且看守還不需隨行。」

「這會被市民團體攻擊吧。」

「剛好相反。正是市民團體之類的組織，造成現在這種狀況。在大阪看守所對收容人施暴的事件後，類似團體便抨擊看守所是無視人權的封閉空間，所長爲了處理不滿的聲浪，才把視察委員會的權限擴大到這種異常狀態。」

「虧我聽說身體檢查時，連一根髮夾都不能帶進去，偷帶被發現就要受罰。」

「就算是以警備森嚴出名的首相官邸，屋頂也是盲點吧！一架無人機掉在那邊，兩個星期都沒人發現。（註）只要從不同角度檢視，無論哪個地方都會有內情或漏洞的。」

「等問題嚴重了才會曝光呢。」

「光這情形應該也能構成大新聞吧，只是在『連續不明死亡』的聳動題材下，就會

註：指發生於二〇一五年四月的「首相官邸無人機墜落事件」，犯人已被逮捕。

被掩蓋過去。不巧的是，在堺加圖雄死亡的那天晚上，樫山沒有入侵單人房的痕跡，踏進房裡的只有峰森琴葉而已。之後的每一件不明死亡事件，樫山也都有不在場證明。」

「琴葉之所以能進入看守所，就是有樫山從內部引導吧。」

「我也想過，畢竟視察委員會連清潔中心都可以進出。只要賄賂系統維護業者，也不是不可能竄改警備室的系統設定。如果只是把記憶裝置帶進去並安裝，樫山一個人也做得到。不過可能性也就這樣而已，第二個以後的死者，可全是死在上鎖的密室裡。」

「有樫山和收容人個別會面的紀錄嗎？」

「看守所一天有三百件會面紀錄，其中一百件是和律師的會面，沒有時間限制。所裡只有五十間會面室，全天都有人使用，妳要的紀錄或許就深埋在裡面吧。那些文件應該都保留在看守所內，不過我是沒辦法接觸的。」

「嗯。」

逢坂盯著玲奈，嘲諷地笑了，「妳難道想說，他是之前跟收容人單獨會面時，向對方施加催眠術，指使收容人半夜把自己的性命了斷？」

「不是。真正的催眠誘導，只能用言語讓患者放鬆。患者不會真正睡著，也不會喪失意識或記憶，不會做出違反自身意志的行為，也不會因此受人操縱。更何況改變沒有自殺意願的人的心智。那些全是虛構的，就跟偵探召集有關的人等、揭曉犯人身分同樣不眞實。」

逢坂拿起酒杯啜飲一口，打趣地說，「原來妳知道啊，眞是可惜了。如果這是一部因爲催眠術發生殺人事件，偵探再登場推理的電視劇，這情況可是雙役滿（註）啊。」

「不過他畢竟是精神分析醫師，對人的心理還是很了解。」玲奈遞出一個大信封。

「這是什麼？」逢坂接下信封，取出裡面的東西，「這不是新聞剪報嗎？『東京看守所發生殺人事件』？喂，已經有證據可以證明是殺人，不是不明死亡了嗎？不，等等，日期是堺加圖雄死前一天。這是怎麼回事？」

「這是僞造的，不是眞的報紙。」

「這個？」逢坂睜大眼，「怎麼可能，這要怎麼做出來？摸起來跟眞的報紙完全一樣，背面也有印刷。」

「這是專門用紙。質地強韌，可以承受高速輪轉印刷機，且品質均一，油墨吸收力好，兩面沒有差別，一樣平滑。白紙度爲〇．二，是在青山的畫具店買的。」

註：日本麻將的胡牌牌型之一。

「那要怎麼印刷？它沒有單色黑影印時特有的光澤。」

「但這其實是去Kinko's（註）影印的。只要使用含大豆油溶劑的氧化聚合乾燥型油墨的碳粉，就算不用快速膠印技術，也能製作出一模一樣的報紙，連聞起來的味道都如出一轍。」

「這張照片仔細一看，其實只是平日看守所正門玄關前的照片。是在事件發生前拍的嗎？」

玲奈將SDXC記憶卡丟在桌上，「這就是製版檔案，印表機設定也安裝好了。滿版濃度和報紙一樣最大一．二，圖片上會出現網點。」

逢坂繼續閱讀這份假報紙，「今日凌晨前，東京看守所的單人房內，發現三十一歲的被告山森雄哉胸部出血，已經死亡。警方研判，犯人熟知看守所內部的情形，正循此方向調查中……山森雄哉是誰啊，沒聽過。」

「繼續讀。」

「根據相關搜查人士表示，除了遺體之外，他們同時在旁邊發現一張紙片。紙上寫著十八歲少年A的名字，少年A在足立區犯下母女姦殺案而遭逮捕起訴。警方正在調查其中關聯性。」逢坂笑了，「原來如此。先給予精神壓迫，再進一步唆使他。這傢伙非常善於對人施壓啊。」

玲奈沉默地望著杯中的氣泡，逢坂想像的狀況大概跟她差不多吧。

化名爲樫山的姥妙，將製作「足以以假亂眞」的假報紙任務，交託給手下的徒弟。他們選擇大塚衿子做爲交涉對象，只要讓其夫喜代司在報社編輯中心製作，就能完成無可挑剔的完美仿造品。

姥妙在和堺加圖雄單獨面談時，給他看了這份假報紙。看守所裡，除了死囚等受刑人外，單人房內並無配置電視。雖有收音機，但只有中午時會播出NHK晨間新聞的錄音，收容人普遍認爲，所方會剪去不適合的新聞片段。

在眾多的收容人中，姥妙選擇了堺。他一定早看準了堺對生存的執著強烈，更易唆使。

這份報導中的僞造殺人事件，時間背景設定爲「在堺抵達看守所前已完成現場檢證，並在堺入所後即對外發表。」堺遂深信自己是在不知情的情況下，被人置於危險之地。若有一個連單人房都可以侵入，又喜好執行私刑的殺人魔，不可能不害怕。

註：以影印、印刷等為主要業務的連鎖企業。

姥妙向堺表示，自己可以幫助他。如果他裝成遭到襲擊，實際上也確實受重傷的話，就可以從看守所轉移到醫院。入院地點會保密，他便得以在森嚴警備下安心度日。只不過如果所方看穿他其實是自殘，就會立刻被送回看守所。因此要用袖子包住凶器，避免沾染指紋，傷口也不能太淺，必須危及生命才行。姥妙大概是這麼對堺說的吧，「不用擔心，我會在關鍵時刻去查看單人房，一發現你重傷，就會馬上呼叫救護車。千萬記得，如果不賭大一點，就沒辦法逃離看守所。這是你可以平安活下去的唯一方法。」

實際上，姥妙並沒有前往單人房。收容人刺傷自己後，直到管理員的巡房檢查時間才被發現，早已因失血過多死亡。

逢坂用手指拎著酒杯搖晃，「早上七點十五分和傍晚四點四十分的檢查時間，視察委員好像也到場。聽清潔公司的歐巴桑說，工作人員中也有人負責幫忙運送毛毯等工作，如果那就是樫山的話，他或許就能把球棒、刀子跟裝毒藥的小瓶子捲入毛毯帶進去。洗衣部門和小菅住宅大樓共用一部分空間，和視察委員會的辦公室也相通。」

玲奈低聲說，「只有最初那次需要假新聞，發現堺的遺體後，警方就會實際在看守所內展開調查，收音機也會播報新聞，讓收容人變得戰戰兢兢。姥妙只要在每次和收容人見面時，告訴對方『你是下一個目標，我有方法能幫你』就行了。」

「恐懼會招來恐懼，是嗎？加上犧牲者愈來愈多，就更有說服力了。可是峰森琴葉又是怎麼回事？爲什麼要讓她背黑鍋？」

一想到琴葉的現況，玲奈就陷入動搖。雖然如此，也不能放棄思考。就算再怎麼擔心，也必須保持冷靜。她曾受確認偏誤（註）的誘導，最後導致琴葉身受重傷。她不想再失敗了。

逢坂將威士忌一飲而盡，酒杯在桌面上叩了一聲，「堺是把刀尖貼在背上，向後退去撞牆嗎？樫山應該交代過他，刀尖要對準骨頭和骨頭間的縫隙，而不是放在肋骨位置。縞賀隆平用球棒毆打自己，栗田洋大則是把毒藥摻入飯中。樫山說如果看起來不像他殺，就沒辦法住院，所以他們都在這方面認眞下足功夫，到這裡我懂。可是以這樣的程度來說，經過調查後還是會事跡敗露吧？」

「警方目前只對外宣稱這是『不明死亡』。詳細調查也需要時間，最終還是會導向

註：確認偏誤（Confirmation bias）為心理學名詞，指人們會選擇性回憶、蒐集對己方有利的資訊，刻意忽略不利的條件，以支持自己既有的觀點。

並非他殺的結論。只不過在那之前，媒體就已經大肆以『密室殺人』報導，不僅煽動社會大眾，也煽動了收容人。」

「才沒有說什麼密室殺人，是『密室殺人？』好嗎？如果可能性低，後面就加上問號，可能性高的話就不加，這是各家民營電視台共通的下標規則。」

「明明連證據都沒有。」

「喂，這妳也半斤八兩吧？跟妳超討厭的那種『偵探的推理』一樣。沒有明確證據，只是覺得『應該是這樣吧』，淨說些臆測。」

「只要讓他自己招供就可以了。」

「又要訴諸暴力嗎？眞是條瘋狗啊。」

「姥妙人在哪裡？」

「如果妳想問的是樫山，他可是正正經經過著精神分析醫師的生活。自宅位於目黑區青葉台五―六―二，單身。」

玲奈起身，在桌上丟下一張千圓紙鈔，就要朝出口走去。

「等等，」逢坂叫住她，「我還不能認同樫山就是姥妙。那種事眞的可能發生嗎？」

「我這就去問姥妙。」玲奈低聲說，邁步離去。

背後再度傳來逢坂的聲音，「又要闖進別人家裡嗎?出了什麼事我可不管喔！」

那樣正好，玲奈想。最好現在就把我忘得一乾二淨，回到妻子身邊，因爲逢坂還有家。

23

夜晚十點左右。自東急東橫線的代官山車站步行約五分鐘，一大片的高級住宅區在街燈下悄然浮現。無論哪一戶人家都是既氣派又雅致，前庭還設有車庫並栽植樹木。此地有著完整的區域規劃，就連手機地圖上的點，都堅定地朝著目的地移動。玲奈獨自一人佇立在她剛明確得知的住址前。

眼前是一幢和四周相比，全然不遜色的豪宅。爲了採光而設計的三角形凸窗，以及半圓弧形的凸出外牆相當醒目，門口名牌上寫著「樫山」。豪宅四周環繞著格狀圍牆，不過玲奈絲毫沒打算翻牆過去，而是直截了當按下對講機按鈕。

男人的聲音回應道，「哪位？」

「紗崎玲奈。」

「請進，門已經開了。」

既然一路從看守所尾隨到銀行，姥妙自然不可能沒察覺到玲奈的存在，更何況她之前還在荒川岸邊和徒弟發生過衝突。玲奈會盯上視察委員會的「樫山睦紀」，進而造訪其住所，這些都已在姥妙的預料中吧？

玲奈的手放上大門，很輕易就推開了。她沿著庭院的石磚步道前進，來到玄關門口。

門突然打開了。門口站著一名黑色嘻哈風打扮的男子，以充滿危險的眼神，刺探般來回打量玲奈。玲奈想，這是白天沒見過的人，但他們的個性皆有共通之處。既無情又充滿攻擊性，同時充滿強烈猜疑心，雙眼總是緊盯對方。市村凜也有相同的表情，果眞是一丘之貉。

不久，男子站到一旁。玲奈走進宅邸內，雖然玄關有脫鞋的地方，但她穿著鞋就直接走了進去。男子表情始終如一，視線緊緊跟隨著她，但他只是留在玄關處，沒有上前替玲奈帶路。

玲奈循著走廊前進，各處皆能見到類似的嘻哈風男子，大約有兩名女性混雜其中。

玲奈從未見過這些人，但他們見到玲奈都不打招呼，玲奈當然也沒向他們點頭致意。視線往下移動，只會給予他們襲擊的機會。

大廳裡有座迴旋梯，一名男子在上方堵住樓梯，看來只想讓她往下走。玲奈不樂見這樣的狀況。置身在沒有窗戶的房間內，再危險不過。

但眼下已經不是能夠猶豫的階段了，玲奈只能沿著樓梯向下走去。

地下室的房間裡，並未看到其他嘻哈風打扮的人。室內響著肅穆的古典樂，是史麥塔納的《莫爾道河》（註）。除此之外，還傳來煎肉的聲音，空氣中亦飄散著肉的味道。

房間內部十分寬敞。未加修飾的混凝土牆，天花板挑高，吊扇在頂上旋轉著，和間接照明兩相結合，營造出時髦的氣氛。室內裝飾著現代的前衛藝術作品，音樂從CD播放器流瀉而出，房間四角都擺著喇叭。餐桌上備有著兩人份的餐具，同樣也有兩只紅酒杯。

房間深處的中島式廚房裡，一名男子正愉快地專注在料理上。白色襯衫搭配西裝

註：捷克作曲家史麥塔納最著名的樂章之一，以急促流暢的快板，由上游到下游描述莫爾道河。

褲，身形看來十分瘦削。逢坂在日產President後座出示的照片，其中人物毫無疑問就在眼前。樫山睦紀就是姥妙悠兒。

姥妙並未從平底鍋上移開視線，只是粗魯地說，「坐吧！還要一點時間。」

玲奈並不打算聽從指示，她站在餐桌一側。

情況不算有利。姥妙手邊還有切肉刀，其他能派上用場的防身物品，也全都在廚房周邊。唯一的例外，只有餐桌上的刀叉。至於逃跑路徑的選擇，看來也只有那個疑似儲藏室的門。但內部想必也不過是個小房間，充其量僅能將自己關在裡面而已。

姥妙板著臉晃動平底鍋，「妳知道看守所的菜單吧，主食是七成白米混三成小麥。早上除了湯還有配菜，海苔醬、納豆和魚鬆之類的，從中選擇兩樣。午餐相當豪華，有時是里脊燒肉，甚至還能吃到焗炸蝦子、烤芝麻鯖魚、酸豆檸香雞排。星期六附有燉菜和麵包，星期天則會出現冰淇淋可麗餅或烤番薯這類甜點。晚餐就很簡單了，咖哩或關東煮，附上果汁之類的飲料。就算將一週所有的飲食費加起來，以這塊肉來說，就連五平方毫米的碎屑都買不到。」

姥妙一人兀自說個不停，這樣的行爲總讓人感到有些病態，十分陰沉。玲奈一直將他想像成精於算計的狡猾男子，因此感受到不小的落差。與其說在人格方面，倒不如說是覺得他和徒弟並沒有太大差別。或許他們並不是以上下關係，而是以同類意識聚集在一起吧。

玲奈開口，「姥妙。」

姥妙看著平底鍋的眼神，變得有些銳利，但仍舊沒抬起頭來。姥妙不滿地說，「不許對長輩直呼其名。」

「如果是尊敬的對象，就另當別論了，但你不是。」

「我用的名字可是樫山。」

「明天早上就能眞相大白，等到樫山睦紀本籍地的區公所開門。」

雙方進入片刻沉默。姥妙朝著平底鍋灑胡椒，「妳是什麼意思？」

「如果親生父母有養育的困難，爲了保護孩童的權利，政府設有『特別收養』制度。會消去之前的親子關係，並建立新的親子關係。因此，在戶籍上不會記載。」

「就算妳去本籍地的區公所，戶籍的父母欄上也是寫著相同的名字喔。」

「但應當會有這一條特殊註記，『依民法八一七條之二判決確定』。這就是特別收養的證據。」

「有意思。妳認爲我是被棄養的嗎？」

「成年人也能收養。不如說，這樣的情況反而更多，像你這樣上年紀的人也是有可能的。你想必付出了大筆費用，讓對方願意當你的父母。」

「這麼說來，我原來是最近才被特別收養的嗎？在這之前，是在沒有雙親的情況下長大的？」

「不。你的目的是爲了抹除『姥妙』的人生，並取得全新的『樫山』戶籍。在此之前，你是以喪失記憶的身分受到保護。由於警方的調查無法弄清楚你的身分，你得以在家庭裁判所提出戶籍建立許可，以假名製作了戶籍。但在這個戶籍中，也會記下建立戶籍的相關經過，因此你再透過特別收養，取得樫山這個姓氏，重新建立新戶籍，和過去相關的內容就不會記載進去。」

「所以我是失去記憶了啊。」

「你只是裝成失去記憶。」玲奈說。

重新建立戶籍的姥妙，通過高中同等學力測驗進入醫學系。完成六年課程後取得醫師執照，除了日本精神分析學會，也同時加入其他海外機構。若要推測姥妙成爲樫山的經過，只能如此假設。

姥妙搖頭，「我認爲，眞正的偵探是不推理的。妳要怎麼證明？即便我眞的是被特別收養的，妳也沒辦法知道我是否曾經喪失記憶，因爲除籍謄本裡也不會記載。」

「即使不對外公開，區公所也會保管新戶籍的前一份戶籍。」

「但區公所是不會發放謄本的，這樣又該如何確認？」

「別小看我。」

姥妙將雪莉酒倒入平底鍋，掀起一陣響亮的嘈雜聲後，料理總算大功告成。

「正確答案。」姥妙坦率地說，「雖然我不認識這位叫須磨的男人，但曾聽聞他相當厲害，也是優秀的教育者。或許應該說，他是對學習者抱有異常強烈的執念？」

「總是比讓妄想型人格障礙患者學習偵探工作要好多了。」

「對妳而言或許是如此。」姥妙將肉從平底鍋移到盤中，「因爲市村凜害死了妳的妹妹。」

玲奈硬逼自己冷靜，她加強語氣問，「琴葉在哪裡？」

「這個嘛……」姥妙將盤子和紅酒瓶拿到餐桌上，「妳要不在這找找看吧？」

「她不在這裡。青葉台一帶有行政機關設置的監視器，連家門口也能拍到。」

「沒錯，所以理當不會特地帶她過來。」姥妙擺著盤子，「妳不吃嗎？」

「都已經有人因毒藥而死，還把肉放入口中就太蠢了。」

姥妙哼了一聲，往椅子上一坐，「這可是在National田園超市（註）買的高級沙朗牛排。我先吃嘍。」

玲奈站在一旁，看著姥妙津津有味地大啖牛排。理應十分優雅的古典音樂，聽起來卻分外刺耳。

玲奈問，「你到底有什麼目的？」

「抑制犯罪。」姥妙將紅酒倒入酒杯中，「妳看過今天傍晚的新聞了嗎？報導說，這幾天幾乎沒有發生什麼殘暴犯罪。當然，妳在荒川岸邊的暴力事件不算數。」

「你的意思是，這都是看守所殺人事件的效果？」

「法官都是冷血動物，不殺到兩個人以上，是不會判死刑的。就算眞成了死刑犯，法務大臣也不會簽署死刑執行令，就一直累積下去。只要能被判定爲無責任能力之人，比方未成年人，就能輕易獲得減刑。」

「你是精神分析醫師，可以教他們怎麼回答鑑定醫師的問題。」

「當然，身爲視察委員會的成員，我經常提出建言。不過說實在的，這些傢伙實在太死腦筋了。比方以鑑定記憶喪失者來說，就有一些竅門，知道這些訣竅後，我就輕鬆通過判定了。」

「這是哪門子的視察委員，根本只是假扮的。」

「錯了。我只是想讓看守所恢復到原本應有的樣貌罷了——也就是犯罪者的地獄。凡進入看守所者，必然會對極刑的恐怖感到畏懼，因爲不知何時肅清會降臨到自己頭上，這樣才稱得上是眞正的看守所。演出那些神秘難解、媒體又喜歡的事件，譬如密室殺人，同時對社會大眾帶來強烈的影響力，就是我的理想計畫。」

「爲什麼要把琴葉塑造成犯人？」

「她很與眾不同。」姥妙切了一小塊肉放入口中，「爲了找到潛入看守所的方法，她四處打聽，被我的徒弟察覺了。於是我便和峰森琴葉接觸，問她究竟爲何想進入看守所。」

姥妙突然笑了出來。用餐巾一邊擦拭嘴巴周圍，彷彿非常愉快地瞇起眼睛。

肅然的音樂中混雜著姥妙的聲音，「峰森說她想見堺加圖雄一面。竟然想和少年A見面，我問她見了面打算做什麼，她說想弄清楚他的本意，說什麼她想轉達被害者遺族的話。」

註：National物產旗下的高級超市。

玲奈說不出話。琴葉居然會想做那樣的事，令人難以置信。

姥妙繼續說，「她顯然精神不穩定。學習調查業的技術，對她而言似乎沒有什麼正面效果。一旦掌握開鎖的方法後，人就會忘記將技術活用於調查業才是原本的目的，轉而滿足一己之私。對峰森而言，勸服少年A似乎才是她眞正想做的。」

「不可能有這種事。」

「雖然這種行為完全不理性，但在她有精神疾病的狀況下，仍以善意做爲自己的行動準則，這樣來說是相當了不起的。又或者就像某些組織，希望藉由拚命進行慈善活動，來減輕自己內心的深重罪孽與不安，這種行爲或許就是一種贖罪劵。她的內心想必已經被逼到走投無路了吧！」

「你就是知道這一點，才讓琴葉入侵看守所？」

「我實現了她的願望。我以讓她預先了解單人房配置的名義，在每一張便條紙上寫下名字。想像沿著走廊前進，下一個是縞賀隆平，下一個是栗田洋大。她可是老老實實地配合預演。從她完全沒有猜忌心這點來看，似乎不屬於妄想型人格障礙。」

玲奈怒火中燒，「那時候你就打算設下圈套了吧！」

「當然。原本就算看守所殺人魔的身分不明，計畫也能充分發揮效力，但要是有人主動想進入單人房，自然就得好好利用才行。」

「你太過分了！」

「峰森進入單人房見到的，是大量出血而倒臥一旁的堺。盡管她十分害怕，還是用盡一切急救方法，但堺早已斷氣了。因此離開單人房時，峰森才會渾身是血。」

「你把琴葉帶到哪去了？就和闖入單人房時一樣，逃出時你應該也幫了忙。」

姥妙一本正經地看著玲奈，「最理想的狀態是，峰森琴葉從此以後不再現身。仔細想想就懂了，神出鬼沒的嫌疑犯，不斷在看守所內執行私刑，而且總是會指定下一個犧牲者。正因如此，看守所的恐怖才得以完成。雖然妳十分了解她，認爲她不可能犯案，但世人卻會深信她是少見的異常犯罪者。她應該要永遠消失。」

憎惡與悲傷的情緒交織，湧現心頭。玲奈問了一句連說出口都令她痛苦的話，「你殺了她嗎？」

「肉有點硬哪，火可能太大了。」姥妙用力咀嚼著，終於把肉吞下去。

之後他便不再說話。

玲奈忍不住提高音量，「姥妙！」

「不能輕視近年來的科學調查技術。即使將屍體投入海中，也會漂到洋流交會之處；就算分屍掩埋或燒掉，還是能檢驗出屍體成分。這時警方就會發現，推定死亡時間後的罪行都不是她犯下的。所以就算她要死，也要好一段時間後了。或許該等到司法從她的私刑中學到教訓，充分理解嚴刑峻法的意義爲止。」

「所以她還沒死？」

姥妙莫名含糊地回答，「我可沒這麼說。」

某種如疾風般狂暴的情緒充滿玲奈的心，她從餐桌上一把抓起刀子。

然而姥妙卻用一副快要睡著的眼神，懶洋洋望著她，「妳這是打算？」

玲奈喃喃低語，「當我知道你是市村凜的教育者時，就想乾脆殺了你了。」

「算了吧。」姥妙緩緩站起身來，「這是偏差值（註）七十的升學學校學生該說的話嗎？殺了我，妳就永遠不知道峰森的下落。」

「只要隨便逼問你一個徒弟就行了。」

姥妙對玲奈的話嗤之以鼻，朝著廚房相反的方向走去。「對妄想型人格障礙患者來說，秘密一旦曝光，情況就會對自己非常不利，這種強迫觀念深深束縛著他們，招供的可能性比我還低。妳身爲一個邊緣型人格障礙者，難道不懂嗎？」

「你在胡說什麼！」

「極端恐懼被他人拋棄，經常處於不安狀態；人際關係的變化十分劇烈，與人的溝通交流也不穩定；心情和情感的變化紊亂，周遭的人往往無法跟上妳的情緒；常因爲情感煞不住車，暴躁易怒而容易受傷；傾向採取不畏一死的行動，爲社會帶來不安；總是抱持著空虛的心情，難以感受到幸福；對於活著感到痛苦和不諧調，懷抱著一種不知道自己究竟是誰的感覺；壓力大的時候，會短暫失去記憶，出現類似精神病的症狀。妳符合幾項呢？全部吧？」

玲奈忍不住大喊，「我才沒有什麼人格障礙！」

「妳看，這不是生氣了嗎？在成長時期，父母對孩子既不讚美也不認同，只針對缺點提出指責、予以否定；而孩子也過度配合父母的價值觀，最終成爲認眞的優等生。在這種情況下，孩子對自我的否定感會加強，變得更難以感受幸福，就這樣一路朝邊緣型人格障礙邁進。」

「姥妙。」玲奈強忍著快要落淚的衝動，「既然你認罪了，就算想把琴葉塑造成犯

註：日本計算個人成績之全國百分比的方式，即統計學中的標準分數，偏差值七十表示分數落在全國考生的前百分之二・二七五。

人頂罪，也是白費力氣。」

站在牆角的姥妙異常從容，「須磨的教育雖然十分徹底，但妳果然還是太年輕、太缺乏經驗了。曾經對別人用過的手法，自己後來也同樣上當而出醜，這樣的情況迄今為止也發生過幾次吧？就像現在一樣。」

姥妙按下牆上的開關，短暫響起一陣電熱線燃燒般的聲音。音樂中斷了。燈光忽明忽暗地閃爍，接著熄滅。房間暗了下來，只有亮度不足的緊急照明燈，讓室內籠罩著模糊橘光。

玲奈一時愕然，她隱約查覺到姥妙做了什麼。

姥妙說，「最好別用太多次，對身體好像不太好。」

玲奈忍不住嘆了口氣，從口袋中取出數位錄音筆，按下播放鍵，至今為止的錄音完全被刪除了。

地板或牆裡埋有線圈，能產生電磁波，讓數位資料全部化為烏有。智慧型手機大概也無法使用了。

即便重新按下錄音鍵，只要姥妙再次按下牆壁上的開關，一切同樣歸零。玲奈扔掉錄音筆。

姥妙露出微笑，「請裝潢業者施工，僅僅十五萬就能搞定。要是擔心竊聽，在房間裡裝一套就行，只是每次使用都會減壽就是了。」

「那我現在就讓你失去性命！」玲奈朝姥妙衝去。

就算對方握有人質，但就此屈服仍是大錯特錯。她在和市村凜對峙的過程中學到這一點。即便切斷他的手指腳趾，也要讓他把話吐出來。

但就在此時，迴旋梯響起一陣雜亂的腳步聲，許多人影跑了下來。是那些嘻哈打扮的人，他們一個接一個不斷湧入地下室。玲奈轉身一看，已經沒有可以脫逃的地方，只能躲進廚房旁的那扇門。

門是往內開的。一如預期，是間儲藏室。架上堆滿物品，沒有其他出口。就在那群嘻哈男女要衝到門口時，玲奈及時關上門，將碗盤櫃傾斜推倒堵住門。室內變得一片漆黑。

整個小房間因爲受到衝撞而劇烈震動，姥妙的徒弟竭盡全力要突破房門。

透過牆壁上螢光塗料的微弱光線，玲奈找到一支手電筒，照亮房間。一台電烤爐和果汁機映入眼簾，還有廚房紙巾、礦泉水瓶和印有ＡＳＡＨＩ商標的玻璃杯。這不是朝日啤酒公司的商標，而是實驗室器材製造商「旭製作所」（註），看來應該是耐熱玻璃。還有爲了切洋蔥而準備的蛙鏡，地上有消毒用的酒精瓶。食材四處散放，有一整面棚架擺滿乾燥辣椒。

玲奈抓起果汁機，將插頭接上插座，幸好還能通電。她將辣椒全數放進果汁機中，倒入酒精，再啓動電源。刺耳的噪音響徹耳膜，透明容器內的辣椒逐漸成爲粉末，不一會兒，就化做不見任何顆粒的混濁液體。玲奈將液體倒入耐熱玻璃瓶中，接著把礦泉水倒入電烤爐，再將玻璃瓶放進水中加熱。

碗盤櫃水平滑開，門稍微開了點小縫，可以聽到女人怒吼的聲音，「滾出來！臭婊子！馬上就讓妳哭著求饒！」

眞有趣，玲奈冷冷低喃。

在水沸騰前拿起玻璃瓶，用廚房紙巾一邊過濾掉殘渣，一邊將液體注入空瓶中。瓶子裡裝滿如紅茶般顏色的辣油，空氣中已飄散著強烈的刺鼻味。玲奈趕緊旋緊瓶蓋密封，並戴上蛙鏡。

門已經是半開狀態了。玲奈背靠牆，以單腳用力將快倒的碗盤櫃踢開。

失去阻礙的門瞬間彈開，嘻哈男女一時收不住勢，往前摔出，仆倒在地上。玲奈踩著他們的後腦杓，躍進廚房，將瓶子往猛撲而來的人們頭上扔去。

瓶子撞擊天花板破裂的瞬間，和鎮暴催淚彈相同成分的辣椒素，瞬間朝四面八方擴散開來。驚叫聲四起，每個人都摀著眼睛蹲下來。姥妙的叫聲也混雜其中。玲奈藉著緊急照明燈的光源，跑上迴旋梯。

跑到一樓走廊後，玲奈立刻脫掉蛙鏡。辣椒素蒸發後比空氣重，因此會沉積在地下室，刺鼻氣味不會往上升。相反地，地下室的悽慘叫聲或許還會持續好一陣子。

就在玲奈打算逃往玄關之際，一個棒狀物體伴隨呼嘯聲逼近眼前。玲奈旋即向後一仰，躲過衝擊，接著身子一轉，俯臥在地。眼前是某個男人的腳。玲奈單耳和雙手緊貼地面，腳往上一踢，以單手爲軸，讓身體快速地往水平方向旋轉，用地板霹靂舞技巧的風車旋轉動作（註二），將男人踢倒。踢擊的疼痛感延伸到膝蓋。男人向後倒去，背部狠狠摔在地上。

他發出一陣金屬聲，男子身旁甩出一大串鑰匙，肯定是從口袋滑落出來的。玲奈撿起鑰匙串，爬起來衝出玄關。

註一：「朝日」和「旭」的發音皆為「ASAHI」。

註二：風車（Windmill）是地板霹靂舞（Breaking）中一種頭下腳上的經典旋轉動作。

庭院前的馬路上，停著一台休旅車，是保時捷的Cayenne。玲奈倒抽了口氣，停下腳步。就在此時，駕駛座探出一張熟悉的臉。

逢坂大吼，「快上車！」

背後無數的腳步聲愈來愈近，追兵快到了。玲奈全力往前衝，心中氣惱著逢坂如此粗心，沒將副駕駛座先朝向自己。她打開後車門一躍而入，還沒來得及將車門完全關上，車子就猛力發動了。

玲奈在後座坐起身子，安心感只存在一瞬間，隨即湧上的是自責的念頭。迸出的淚水並不是因爲催淚彈，自己要比任何人都清楚。

沒能取得錄音，就無法證實不明死亡事件的眞相。

就算指控樫山就是姥妙，光是如此也不會有人重視。他宣稱的喪失記憶已被政府認定是事實，特別收養的過程在法律上也完全合理。身爲視察委員會的成員，就算因行跡可疑被警方盯上，想證明他的行徑，就不知要花上幾個月。實在無法任由琴葉長時間失蹤下去。

窗外閃爍著紅色警燈，數台巡邏車從旁交錯而過。警方似乎已接到通報了。

玲奈透過後照鏡，盯著逢坂的眼睛，「你來做什麼？」

逢坂轉動方向盤，頭也不回地回答，「我想把女偵探入侵民宅當做頭條。妳逃出來的時候，我順利拍到照片了。」

一股煩躁感掃過心中。玲奈探頭看向副駕駛座，那裡扔著一臺Olympus PEN單眼相機。玲奈伸過手，一把將相機搶了過來。

「喂！」逢坂喊道，「妳做什麼！要記憶卡的話，我已經拔掉了喔！」

機種是E-PL3。玲奈在螢幕調整畫面下按下ＯＫ，顯示出機種名稱等數行資訊。接著輸入隱藏指令。ＩＮＦＯ、上、下、左、右、快門、上。

玲奈瞄了眼液晶螢幕，就將相機放回副駕駛座，「快門數零。買來之後連一張都沒拍過。」

逢坂低聲嘟囔，「爲什麼會知道啊。」

「停車，我可不想搭騙子的車。」

「等等，妳爲什麼這麼說！」

「你酒後駕車，對吧？」

「衝進別人家打架的女人有什麼資格說啊！」

玲奈打開行駛中車子的車門。

「住手！」逢坂大喊，「我知道了，我承認，我是打算去幫妳啦！」

玲奈用力關上已經半開的車門，重新坐正，靠上椅背。

眞是不可愛，逢坂小聲發著牢騷。

在如同蒙上一層薄霧的心緒中，玲奈突然想起些什麼，察覺這不是自己應有的態度。

逢坂知道發生在窪塚身上的事。即使如此，他還是前來幫助自己。

玲奈低聲輕語，「謝謝。」

「咦？」逢坂的反應誇張，「妳剛才說什麼？」

一股憤怒又衝上心頭，玲奈丟出一句，「你要開去哪裡？」

逢坂嘆了口氣，但還是打起說道，「我完全明白妳的立場。首先，要找個不會暴露行蹤的地方，躲到那裡去吧。」

24

時間已過午夜零時，兩人來到下北澤的小型辦公樓，進入位於三樓的狹小辦公室。

打開日光燈，室內頗爲雜亂，幾張桌子上也堆滿物品。

逢坂說，「這裡是節目工作人員的出差據點之一，只是長期都用來堆放資料跟器材。這裡的話，目前來說應該還算安全吧！」

玲奈心想，安全與否只是時間的問題。姥妙的徒弟都是偵探，對獵物又具有病態的追蹤執著，沒有他們找不到的地方。

逢坂指指其中一張桌子，「那是我的位子，坐吧。來煮個咖啡吧？得燒水才行。」

玲奈在桌前的辦公椅坐下。堆積如山的文件中，她窺見一只相框。逢坂的臉出現在照片上，看來比現在稍微年輕一些。和他臉貼臉的女子，想必就是他的妻子，笑得十分幸福。兩人懷中抱著一個嬰兒，天眞無邪的表情茫然看著鏡頭。

玲奈心中的惻隱之情油然而生，她不想讓這樣的神情蒙上陰影。

逢坂回來了，玲奈將視線從照片移開，自然落在手裡握著的鑰匙串上。

不能浪費時間了。玲奈環視室內，附近有個衣帽架，她取下一個金屬細衣架問，「我可以拿一個嗎？」

「是可以，但要那個做什麼？」

玲奈扳直衣架的彎鉤，將尖端插進削鉛筆機中。一陣刺耳的聲響爆出，金屬被刮削成碎屑，玲奈拔出承接碎屑的盒子，將裡面的金屬屑灑在鑰匙串上。

鋁的粉末只會附著在蛋白質和脂肪上，或許會顯現出指紋。她在檯燈下細細觀察，但一無所獲。

玲奈嘆了口氣，「偵探都有隔著口袋摩擦物品的習慣，隨時隨地擦去指紋。那些傢伙也一樣。」

逢坂把鑰匙串拿在眼前細看，簡直臉都要貼上去了，「也沒有妳的指紋。」因爲指尖的透明指甲油還沒剝落，僅此而已。玲奈沒有解釋。

「嗯。」逢坂站起來，「看來鑰匙沒辦法當做線索了。」

「大概沒辦法。像剛剛那間房子，玄關門裝有兩副鎖，我認爲他只會給徒弟其中一副的鑰匙。而且發生那些騷動後，他也會換掉整棟房子的鎖。」

「大半夜裡還找得到鎖匠嗎？」

「只是鎖筒而已，自己換就好了。偵探很清楚鎖的構造。」

這麼說的時候，玲奈突然注意到其中一把鑰匙。這是一把尺寸略小於其他的點波鑰匙，鑰匙頭是藍色的塑膠材質。

逢坂問，「怎麼了？」

「沒有。」玲奈下意識否認了，轉而研究起鑰匙圈。鑰匙圈也是一個藥盒，裡面只有兩粒裝在PTP泡殼中的藥錠。

玲奈端詳包裝背面的藥品名，「硝甲氮平，是苯二氮平類的安眠藥啊。醫師通常不太喜歡開這種藥。」

「我不知道他是姥妙還是樫山，不過如果他是醫師的話，就能輕易把藥物分給徒弟吧。」

沒錯。妄想型人格障礙患者中，不少人都有失眠的問題。姥妙處在一個可以隨時給予藥物的立場，應該也是他加深徒弟對他的依賴的重要因素。

一陣如笛音的拔尖聲響起，逢坂說，「水開了。」

玲奈拿著鑰匙串起身，「我來泡咖啡。」

走向廚房時，玲奈心想，不能再讓逢坂置身於危險中了。

用湯匙舀一匙即溶咖啡粉到馬克杯中，再加入茶壺的熱水。她悄悄取出一粒安眠藥錠，用湯匙壓碎，拌進咖啡中。她將馬克杯遞給逢坂。

逢坂接過咖啡問，「妳呢？」

「我不需要。」

手機鈴聲劃破寧靜，逢坂接起電話，「喂？啊，今天暫時回不去了。不好意思，現在還在工作。不在電視台，在外面的辦公室。春斗睡了嗎？」

聽來是妻子打來的電話。逢坂啜飲了一口咖啡，玲奈默默別開視線。

逢坂笑著說，「就說了，妳不用擔心白天的事。電視嘛，都會說得誇張一點。好好休息，明天見。」

一結束通話，逢坂的表情瞬間陰暗下來。

玲奈低喃，「沒辦法回家，很懊惱吧。」

「還好妳剛剛始終保持沉默，要是聽到年輕女子的聲音，我老婆就要雇偵探來調查外遇了。」

玲奈不自覺露出一抹微笑。察覺之後，隨即閃過一絲複雜的心情。玲奈刻意收回笑容，她並不想敞開心房。

「什麼事？」

逢坂用湯匙攪動著咖啡，「紗崎小姐……不，還是算了。」

「在看守所殺人的不是妳，我的報導有誤。不過妳對於那個女偵探的事，有什麼想法？」

「什麼意思？」

「不相信法律和警察，使用各種非法手段逼迫犯罪者，甚至冷酷無情地加以制裁。我覺得這點完全就是妳的寫照。而觀眾看了節目後的反應，就是對妳自身生存方式的評價。」

「誰怎麼想都不關我的事。」

「妳眞的這麼想嗎？妳目前爲止的暴力行爲，多多少少都有一定的自我節制，至今似乎也不曾眞的殺害過誰。但這只是結果論吧？我最初也眞的相信看守所殺人案件就是妳的傑作。」

「你想勸我向警方自首嗎？」

「問題沒有那麼簡單。湧進節目的觀眾意見中，贊成和反對勢均力敵。我很清楚，挑起紛爭的人是我。但是到目前爲止，這名女偵探都還是虛構的，是以妳爲藍本虛擬出來的。然而總有一天，妳本身也會成爲新聞。那樣的話……」

逢坂瞪著空中，拚命眨眼睛。玲奈狀似愧疚地向後退。

突然間，逢坂氣憤地將馬克杯摔在地上，「妳給我下藥嗎！」

馬克杯碎成一地，逢坂向玲奈逼近，急著趁藥效完全發作前把話說完，「不要一個人去，不要再繼續亂來，不要再累積罪行了。」

他抓住玲奈的手臂，玲奈甩開他後退，「夠了，別再管我了！」

「為什麼妳就是不懂？」逢坂的眼眶逐漸溼潤，「妳已經覺悟了吧？救出峰森之後，就要跟姥妙同歸於盡。選擇那樣的生存方式就好了嗎？妳以為妳妹妹會高興嗎？」

玲奈有股衝動想遮住耳朵，劇烈的哀傷銳利刨挖著她的心。

她覺得自己快要哭出來了，「咲良已經不在了，她什麼也感覺不到。」

「說什麼傻話，妹妹的心就在妳心中，妳應該很明白的。像妳這樣的人，不可以放棄活下去，一定要幸福才行啊！妳是……」

被愛著的。最後幾個字，在口中消融成細語。逢坂雙膝落地，往前倒去時，玲奈及時抱住他。

逢坂全身癱軟，壓在手上的沉重，令人備感寂寥。玲奈輕輕將他放在地上。

她想起那個廢車棄置場的夜晚，將窪塚獨自留下來的事。他為了保護市村凜而犧牲了，為了保護那種女人。

而此時此刻，將逢坂單獨留在這裡才是合理的判斷。這樣他就不會陷入危險，不會面臨和窪塚相同的命運。

逐漸蔓延的心情，如沙漠般荒涼無依。玲奈在心中暗自低語，謝謝你爲我擔心，但你太太和春斗還在等你。

玲奈留下逢坂離去。必須在姥妙徒弟找到這裡之前離開，而且愈遠愈好。

25

深夜時分，宅邸中仍聚集大量男女。年齡層廣泛，從青少年到中年，只有衣著風格同樣年輕。嘻哈風的輕鬆打扮，似乎是他們共通的時尚語言。

從地下室到一樓的景象，彷彿剛被暴風掃過一般，廚房周邊的損害尤其嚴重。此刻空氣終於逐漸流通，自製催淚劑的濃度也稀釋到一定程度，可以重回地下室了。

只不過收拾殘局是樫山一個人的工作。嘻哈男女依然無動於衷，只是在宅邸內各處聚集。

樫山默默撿起盤子碎片，放入紙箱中。坐在迴旋梯上的男男女女，由上而下俯視著他。樫山努力不表現出心中的反感和厭惡。他心想，忍耐是義務。

那些嘻哈男女是這個家的食客，或許說「寄生蟲」更爲貼切，他們並不爲樫山工作。

對於今晚的騷動，他們同樣沒發揮什麼震懾力。將趕來的警察擋在門外的，是樫山自己。

紙箱裝滿了。樫山雙手抱起紙箱，走到迴旋梯旁，向一對擋住去路的男女說，「可以幫我搬上去嗎？」

聽者恍若未聞，毫無反應。男人靜靜盯著他看，女人則露骨地撇開視線。

拜託他們也沒有任何意義。樫山把紙箱放在地上，轉身前去整理儲藏室。背後聽得到男女的嘲笑聲。

到了這個年紀，還被比自己小的人瞧不起。侮蔑會催生憤怒，但若因爲感情波動而使判斷力失準，那才是蠢得無以復加，平常心方能保持冷靜。

爲了替這個歪曲的社會——包含那群嘻哈男女在內——指出正確的道路，改革是必要的。樫山帶著犧牲此身殉道的覺悟度日，崇高的理想才是心靈的支柱與根基。

儲藏室的情況比廚房更加慘烈。樫山一手拿著垃圾袋，撿拾散落各處的食材。

人終將一死。活著時成就過什麼，決定了一個人的價值。無論是否能爲後世留下影響，生存的意義就是如此。宗教家將身心獻給神佛，而現代改革的見證更是眞實許多。

唯有耽溺於改革的信條，才能在殉難中找到意義。

他心不在焉地望著手中拾起的洋蔥。還沒剝皮，洗一洗應該還能用吧？

正陷入沉思時，門口邊傳來咳嗽聲。

樫山回頭，後方站著一個那群人中和他比較熟識的男人，嘴邊的鬍子和長臉是他的特徵。男人上下打量了樫山一番，丟給他一支手機。

樫山接下手機。看到螢幕畫面的瞬間，全身顫慄。他將靈魂奉獻的唯一存在，正向他說話。

樫山接起電話，「是。」

低沉穩重的男人嗓音在耳邊響起，「雖然無須再說，我還是要感謝你的全心奉獻。」

「您過獎了。」

「天亮前就拜託你了。」

時間彷彿暫時停止了。他站在門邊，直至注意到男人離去的背影，現實才又回到眼前。

光是要提出異議的語氣，就已令他惶恐不已。樫山顫抖著說，「但是還沒到計畫的時間。」

「紗崎玲奈闖進來大鬧一場了吧？要是有人向警方投訴就麻煩了。」

「那個……」

「什麼事？」

「沒有證據，錄音也都刪除了。」

「你喝了酒？」

「怎麼會，當然沒有。」

「在警方的調查方向，由不明死亡轉向自殺之前，如果不搶先採取對策就沒有意義，理想社會的建構也會化爲泡影。」

「您說的是，我很抱歉。」

「感謝你。」通話到此爲止。

樫山意識到，自己正站在散亂的儲藏室中。好安靜。一手握著手機，另一手拿著洋蔥。

奇妙的悔恨責備著自己。他認爲自己不擅長與人溝通，戀愛也離他很遙遠，只有自尊心莫名高漲。爲了尋覓自己的存在價值，需要超然的思想與使命，就只有這樣而已嗎？

扎根於理性的自我分析，到現在才有了進展。是衝動下的抵抗嗎？還是快要從宗教性的超常意識狀態（註）邁向覺醒了？

然而，現在皆已無濟於事。樫山把洋蔥放回棚架，走出儲藏室。

地下室的嘻哈男女變多了。他們也沒有特別在意的樣子，只是遠遠望著樫山。

這樣的反應就夠了，樫山想。至少我不是孤獨一人。無論是以何種形式，都會留在他人的記憶中。

他走到桌邊，剛開始吃的肉已經變色了，或許也有催淚劑的緣故吧。味道究竟有多辛辣呢？實際嘗試也不失為一番樂趣。

他拿起刀叉，寂靜的空間裡，只有金屬和瓷盤敲擊摩擦的聲響。

樫山將肉送進嘴裡，喝了一口紅酒。辛味直衝鼻腔，是辣椒素讓眼淚滲出的吧。大概就是如此。再分析下去也沒有意義。當他飲下酒精時，冷靜客觀的思考就不復存在了。

註：Altered State of Consciousness（ASC），指非平常意識狀態的意識狀態。

26

東方的天空帶著微弱光亮，意識到時間的流逝時，漆黑的天空已開始逐漸泛藍。但周遭依然十分昏暗，現場照明的白熾燈刺得眼睛疼痛。經過一晚的熬夜，還在這種時刻被打斷補眠召集過來，思考也要因此遲鈍了。

這裡是中川河岸附近的廢棄工廠。日出前的低溫讓坂東拉攏上衣前襟，照例站在黃色封鎖線外等人來接他。

旁邊一臉疲憊的長谷部向他報告，「半夜三點十一分，一一〇接到他本人的通報電話。最近的派出所巡查騎腳踏車到現場時，就發現了遺體。四點過後，機動搜查隊開始進行初步調查。」

驗屍官山西走向他們，「係長。」

坂東指指長谷部，「他也可以一起吧？」

「請進。」

又得全身套上塑膠了。他們從頭套到鞋套穿戴完畢，沿著步行條走進用藍色塑膠布圍起的陰鬱封閉空間。

帳裡全是穿著制服的鑑識課員。坂東總是很感謝早期發現的遺體，根據長年工作的經驗，沒有什麼比腐敗的臭味更令人不舒服。

向地上的遺體合掌致意後，坂東立即將手插進口袋，長谷部也一樣。雖然戴了橡膠手套，但爲了避免隨意碰觸現場物品，調查員都會這麼做。刑事電視劇裡之所以看不到這種舉動，大概是因爲這樣會給人高傲無禮的感覺吧。不知爲何，坂東模模糊糊想著這件事。或許是因爲難得來到戶外，而非看守所裡吧。

坂東端詳遺體。五十多歲，穿著白襯衫和西裝褲，雖然趴倒在地上，但臉朝向坂東的方向。遺體雙眼半開，背上插著一把刀，衣服和附近的地面都被染成一片血紅。

長谷部說，「死者的身分是樫山睦紀，精神分析醫師，現居目黑區青葉台。他似乎是東京看守所視察委員會的成員。」

現在已經沒什麼好驚訝的，接到通知時他就聽說了。坂東問山西，「是他自己刺的嗎？」

「可能性很高。」山西說，「地上有刀柄壓過的痕跡。他應該是先把刀尖按在背上，接著向後仰躺，因爲痛苦掙扎的關係，最後才變成俯臥姿勢。」

他要重現堺加圖雄的死，並且印證事實。據說樫山通報一一〇時是這麼說的。

一股鬱滯的倦怠蔓延全身。坂東垂下視線，「我可以聽聽報案內容嗎？」

長谷部點點頭，「錄音已經送去搜查本部了。在這之前，樫山先生都說他不認爲看守所裡的不明死亡是自殺，所有死者都沒有自殺意願。身爲視察委員會裡的精神分析醫師，他也曾給予法醫相同的意見。他表示因爲自己的判斷錯誤，最終造成社會的混亂，他做爲一名專家感到身負重責。」

坂東看著山西，「這一連串的不明死亡事件，已經可以斷定爲自殺了嗎？」

「根據鑑定結果，全員均爲自殺的可能性很高。只不過還要幾天時間，才能完全斷定。您可能會以爲這是爲了愼重處理，但單純只是程序上的問題而已。」

「明明警方尚未發表結果，樫山是怎麼知道的？會是誰洩漏出去了嗎？」

「畢竟他是視察委員，或許是從相關人士那裡聽說的吧。」

長谷部看著筆記本，「藉由視察之便，樫山似乎有相當多機會和收容人單獨見面。根據看守所的紀錄，他和犯罪預告紙條中提及的收容人，都曾一對一會面。而會面大約一天過後，每個收容人都死亡了。」

一股奇妙的感覺閃過坂東腦海，樫山和收容人的自殺有關嗎？

調查辦案時，抱持疑心是常態。但是坂東現在想不出犯案動機，也不覺得樫山有方法能把收容人逼到自殺。更重要的是，不只樫山斷定那些死者沒有自殺意願，法醫打從一開始也對此口徑一致，和樫山的意見無關。報告書裡也寫到，那些收容人對生命有強烈的執著，難以想像他們會自殘。

長谷部看向他，「等到今天上午十點，就是係長您指定的期限，也就是申請上級催促的峰森琴葉逮捕令的時間。」

坂東想起紗崎玲奈。在這三十六小時內，案情由不明死亡急轉爲自殺事件，他不得不承認，當初予以保留的判斷是正確的。

峰森琴葉的確曾造訪堺加圖雄的單人房，犯罪預告紙條上的文字也確實是她的筆跡。但只要一連串不明死亡案件並非他殺，處理方式就會大相逕庭，通緝令自然是不可能發布了。

坂東無力地丟下一句，「什麼逮捕令？是重要參考人才對吧！」

27

早晨的陽光，在百葉窗的截斷下形成許多光帶。辦公室裡，桐嶋走向座位的同時思考著。須磨調查公司不得不中斷所有業務，至今已經過了幾天？這陣子，公司一個勁被各方的抱怨和詢問追著跑，就算嚴正表示我們公司沒有那種女偵探，輿論似乎也不願接受。公安委員會、調查業協會等業界人士頻繁出入，今早竹內也不請自來。

竹內和須磨沒有關在社長室，而是在辦公室裡，和偵探課員一同盯著電視螢幕。

這也不奇怪，桐嶋想。這件事對他來說同樣是意料之外。樫山死了，尋獲時已成一具遺體。

不僅如此，電視報導甚至徹底挖出樫山的過去，應該是警方公布的吧。

他的原名是和泉睦紀，出身鹿兒島，年幼時即父母雙亡。雖然想成爲醫師，卻沒能通過國家考試，只好長年從事相關的醫療工作。二〇〇七年時，經由特別收養的程序，成爲樫山睦紀，連國營電視台的ＮＨＫ都如此報導了。

須磨一臉煩惱，「他不是姥妙啊。」

竹內也嘆了口氣，「我們公司也認爲他是姥妙，雖然不知道他是視察委員會的一份子。他在二十年前出席鹿兒島的醫師會時，我們偷偷拍下了他的臉。」

「我們也是。」須磨看著竹內，「出席者名冊上有姥妙的名字，當場也介紹他是姥妙，甚至還上台演講。他在公眾場合現身，就只有那一次吧？」

偵探課的伊根涼子問，「他曾經以精神科醫師的身分，對患者進行治療，對吧？」

須磨點點頭，「以前曾經四處打聽過。奇妙的是，從前的病患和醫院員工口中的姥妙長相，和樫山沒有太大差別，但我不認爲樫山從平時就一直扮成姥妙。」

佐伯也問須磨，「醫院那邊沒有留下他的照片嗎？」

「姥妙年輕時經營的醫院的精神科異常封閉。曾有傳聞是因爲他想迴避對『三一構想』的批判，想不到他安排了替身啊。」

竹內忿忿地交叉雙臂，「樫山曾經從事過醫療工作，可能在姥妙的醫院工作過。因爲兩人有許多相似處，才在偶然公開露面時，讓樫山扮演他自己嗎？」

「是個警戒心非常強的膽小鬼啊。」須磨蹙眉，「樫山自殺的理由也很奇怪。」

「我同意。」竹內促狹地看著須磨，「電視上說，針對看守所內的不明死亡案件，如今傾向認定全數皆爲自殺。看來峰森是擺脫嫌疑了。」

須磨的表情依然沉重，「就算樫山當初認爲收容人不是自殺，他也沒理由覺得自己需要付那麼多責任。視察委員會基本上是外部人士，加上他成爲精神分析醫師的經歷尚淺，法醫應該也沒有很認眞參考他的意見吧。」

此時，和電梯間連接的走廊上，出現一名並非員工的男子。桐嶋不禁重新端坐。長髮配上合身的休閒西裝外套，逢坂結翔看起來和上電視時一模一樣。「各位早。我到竹內調查事務所想找紗崎玲奈小姐，但她不在那邊，所以我就來這邊看看。」

整個辦公室的人都傻住了。逢坂的語氣像在進行現場直播，但他手上沒拿麥克風，也沒帶攝影師，單獨前來。

偵探課長土井說話了，「不好意思，我們不接受採訪。」

逢坂恍若未聞，繼續說，「昨晚我跟紗崎小姐在一起，我還有些話想跟她說，只是後來不小心睡著了。」

須磨嚴肅地看著他，「抱歉勞煩您跑這一趟，但她並不是我們的員工。」

逢坂依舊沒有離開的意思，「可是，她之所以相信樫山就是姥妙，是因爲您的關係吧？」

辦公室裡蔓延著詭異氣氛，須磨直直盯著逢坂。

竹內插話，「比起在這邊閒話家常，這時間你不是該在電視上發表高見嗎？」

逢坂神情一變，露出尷尬的苦笑，「睡到太陽高升後我才醒來，這樣的經驗實在非常難得啊，手機裡滿滿都是未接來電。不過因爲從紗崎小姐那得到姥妙的名字，我還是請公司同事調查了，也有些收獲。」

竹內不以爲然地一哼，「八年前失蹤，現在不知道在哪裡做什麼事——就這樣而已吧？」

「到昨天爲止好像是這樣沒錯。只不過到今天早上，製作單位裡突然冒出『姥妙』這個名字。」

須磨盯著他看，「突然冒出是什麼意思？」

「你們熟悉法律修正案嗎？內閣法制局通過審查時，媒體馬上就得到消息了。那件修正案的草案，是厚生勞動省製作的，而合作起草法案的人名中，出現姥妙悠兒的名字。」

桐嶋有些混亂了，他完全沒想到會牽扯到法案。

須磨似乎還維持著冷靜的思考，走向涼子的座位，「伊根，召開內閣會議的手續應該已經完成了，如果國會記者俱樂部拿到消息，來源就會是內閣官房。在今天早上公開的文書檔案裡搜尋姥妙悠兒的名字。」

逢坂聞言有些詫異，「非新聞機構應該沒辦法登入才對啊。」

竹內微笑，「我們公司不時也會上去看看喔。」

涼子邊打電腦邊說，「找到了，一件符合。」

桐嶋靠近瀏覽畫面，驚人的標題映入眼簾——關於偵探業業務合理化之法律修正案。

須磨沉默地專注閱讀內文，片刻後才嚴肅地開口，「這是針對偵探業法第二條的修正案。現行法規中，將媒體採訪視爲調查行動的例外，這項修正案要讓精神科醫師同樣不需提出申請，就能執行偵探業務。」

是三一構想。精神科醫師得以兼任偵探，無須受到偵探業法的限制。做爲患者治療的一環，可以自行斟酌，實際對患者周遭和職場進行調查。

竹內發火了，「搞什麼鬼！所以他一方面躲起來，一方面又跟厚勞省一小部分職員接觸，偷偷促成這個法案？爲什麼到今天早上審查才突然有進展？」

須磨直起身子，「樫山就是爲了讓法案成立的祭品嗎？」

終於弄清來龍去脈了。桐嶋說，「姥妙透過厚勞省，歸納出精神科醫師兼偵探的調查報告案例，並且跟法案一同送出去。」

竹內問道，「什麼調查報告？」

「東京看守所不明死亡案件的報告。姥妙在調查結果裡寫上『全數均爲自殺』。他大概也強調了，偵探只管民事，完全無法從警方獲得鑑定狀況等消息，只能以手邊現有資源下結論。」

「啊。」竹內陰沉地點點頭，「原來如此。所有的精神鑑定醫師的報告都指出，死者自殺的可能性爲零。就算之後經由鑑定或解剖證實是自殺，也無法解釋爲何沒有自殺意願的人會自殺身亡。姥妙的調查報告書裡，八成針對這點提出了合理的精神層面解釋。」

桐嶋同意，「單靠精神科醫師，無法解開謎題；光是奔波調查也同樣不夠。正因爲他是精神科醫師兼偵探，才能揭露事實眞相，他讓內閣法制局深深留下這種印象。」

這無疑是強而有力的佐證。等到內閣會議無異議通過法案，大概就會由內閣總理大臣向國會提出。目前的國會以執政黨佔壓倒性多數，等於已能預知參眾兩院皆會順利通過。

須磨沉聲說，「三位一體的構想，一旦獲得國家實際的支持，精神科醫師就會被視爲最適合經營調查業的角色，畢竟我們沒有辦法窺探人心。從今以後，這種情況就會成爲新的『偵探』定義。」

竹內面露青筋，「別開玩笑了！這樣下來，要是調查業協會的各公司沒有配合的精神科醫師，就不用做生意了。精神科醫師兼偵探，眞的可以獲得那麼驚人的成果嗎？他要怎麼證明那些不明死亡其實是自殺？」

逢坂拿出一張記憶卡，扔給桐嶋，是那張ＳＤＸＣ記憶卡。

逢坂解釋，「那是紗崎玲奈給我的。裡面有製作假新聞的檔案，是樫山用來唆使收容人自殘的道具。姥妙大概在調查報告書裡，敘述了完整的犯罪過程。正因爲他能徹底證明一切都是樫山所爲，法案審查才會通過吧。」

很合理，桐嶋想。單單提出自殺的結論，無法說明峰森琴葉的存在。如果樫山把琴葉塑造成犯人，那一切就說得通了。

桐嶋想到某件事，頓時不寒而慄。即便琴葉此時面目全非地被人發現，對姥妙的目的也不會形成任何阻礙。

竹內搔搔頭，「姥妙爲什麼要把樫山送進視察委員會？就算他已經藉由特別收養更改姓氏、更新戶籍，但他還是曾經當過自己的替身啊，很有可能會被我們發現。」

須磨說，「視察委員會本身就不會出現在媒體上了。我們偵探只負責民間調查，跟看守所幾乎沒有牽連。不會曝光的機率比較高。把峰森捲進計畫，恐怕是樫山自己的判斷，正因如此我們才跟這起事件扯上關係。」

竹內喃喃道，「某方面來說，也算是峰森的功勞。」

桐嶋陷入沉思。眞是敗在姥妙的執念下了。爲了想實現三一構想，不惜犧牲祭品，這實在超出常軌。精神科醫師兼偵探的頭銜，對姥妙來說究竟有何意義？

涼子對須磨說，「社長，厚勞省也向媒體公開法案相關的檔案了，也有姥妙悠兒的資料。」

須磨盯著螢幕，「哪個？」

桐嶋也越過須磨的肩膀上方，看向螢幕。圖片是一個五十歲左右的男人正面照，十分清晰。

從相貌看來，無怪乎他選擇樫山做替身。眼角下垂，雙頰瘦削，還有尖尖的下巴。如果要用文字形容這張臉的特徵，確實會和樫山重疊。然而實際上，這完全就是另一個人。和典型神經質的樫山不同，姥妙給人更加大膽狡猾的印象。

照片旁附有履歷。一九九四年，退出經營的國內精神病醫院，參加國際醫療合作或海外醫療志願醫師團，並參與中東和南美各地的諮詢業務。

竹內一臉不愉快，「爲了說服國家，準備了很充分的材料啊。」

確實如此，桐嶋想。就算姥妙因爲突然消失而飽受學界指責，在法案修正後，他就能建立國內第一名精神科醫師兼偵探的地位，批評者完全不能奈他何。

電話響了。涼子接起電話，「須磨調查公司。」接著她的表情一凜。

涼子小聲對須磨說，「是紗崎小姐。」

辦公室一片譁然。桐嶋觀察逢坂的反應，出乎他的預料，逢坂看起來很擔心。看來他不是以電視台的好奇立場在看待紗崎。

須磨指示，「打開擴音，讓大家一起聽。」

涼子按下電話上的按鈕，放回話筒，輕聲說道，「請說。」須磨開口，「紗崎。」

安靜的室內響起玲奈的聲音，「我聽到了。」

「聽到了？」須磨顯得很意外，「聽到什麼？」

「剛剛討論的所有事。」

桐嶋覺得奇怪，「社長，今天早上也做過例行確認，辦公室裡沒有竊聽器。我很難想像，我們公司會有人遲鈍到連手機被裝了竊聽程式都不知道。」

話音剛落，竹內馬上就想起什麼，匆忙翻找自己的內袋，拿出手機。他操作一陣子後，不悅地抱怨，「紗崎，對雇主的隨身物品動手腳是怎麼回事？爲何要這麼做？」

玲奈坦然回答，「因爲我是反偵探課。」

三田一丁目，一排木造店鋪沿著古川旁的低地坐落，玲奈單手拿著手機，佇立在屋前。她買了預付卡式手機，用來代替因電磁波損壞的手機。她隨時警戒著四周狀況，注意有無人尾隨或偷聽。

手機裡傳來逢坂的聲音，「早安，紗崎小姐。」

胸口掠過一絲複雜的情緒，不過她沒時間聽逢坂貧嘴了。玲奈說，「須磨社長。」

「等等。」逢坂出聲制止，「峰森小姐不會被通緝了，都是託妳的福！因爲妳闖進樫山家，姥妙不得不提前實行計畫。」

玲奈嘆息，低下頭來，或許眞是那樣也說不定。三十六小時，現在想起來，眞是驚險的賭注。

須磨的聲音插了進來，「紗崎，我認爲他說的沒錯。恐怕按照姥妙的計畫，法案應該要在好幾天後才會公開。因爲知道有人緊追著樫山，他才緊急讓程序提前完成。」

「但我覺得，他不可能讓內閣法制局加快審查腳步，而且還是從一大早開始。」

「沒錯。預備審查其實早已結束，內閣官房也送出了召開內閣會議的申請案，但姥妙大概提出了一些理由，比如法案仍有微調的必要，藉此推遲了遞交的時間。」

「爲什麼他需要計算公布的時機？」

「姥妙必須等到警方判定那些不明死亡其實是自殺，他的調查報告案例的說服力才會更大，也更能強調修正法案的急迫性。也是因爲這樣，內閣會議才會這麼快就做出結論。」

玲奈漸漸掌握到須磨話裡的意思了，「意思就是，在這件事加速進展的同時，也有些過程沒辦法完全執行吧？」

「大概就是讓峰森盡量活久一點的計畫吧！在那些閣員充滿足夠的危機意識前，必須繼續讓收容人接連死去才行。」

在不安的心境中，心跳聲逐漸變得異常振奮。樫山也說過，峰森琴葉要過一段時間才會死。

玲奈說，「所以她還有可能平安無事。」

「對。不過這也只是有可能而已，紗崎，妳能找到她嗎？」

「我會找到最後，也會解決掉姥妙。」

一陣沉默後，須磨慎重地對她說，「如妳所說，我只是想利用妳的感情，揪出姥妙而已。不要爲了復仇賠上性命。」

「我的目的不只有復仇，」玲奈低聲說出心中想法，「偵探並不解決任何案件，我明白這句話的意思了。」

「是嗎？」

「嗯。」玲奈回答。

人一旦死了，解謎就沒有任何意義，所以現實生活中不存在那樣的偵探。偵探的專門領域在民事，要在問題發展到刑事範疇前加以阻止。警察不介入民事，若沒有案件發生，就什麼也做不了。防患未然，避免案件發生，這才是眞正的偵探。

答案很簡單，但在獲得答案前，必須先走過一段漫長的道路。

突然傳來涼子的聲音，帶著殷切期盼地對她說，「紗崎小姐，一定要找到峰森小姐，救她出來！」

玲奈一時語塞，心裡悶悶糾結著。

佐伯的聲音也出現了，「別亂來啊！要平安回來！」

接著是土井的聲音，支支吾吾地說，「紗崎，願意的話，隨時都可以回我們這裡。」

「喂！」竹內的聲音響起，「別擅自亂說，紗崎是我們的員工啊。」

心情陷入感傷，玲奈忍著快要溼潤的雙眼。她一句話也說不出來，只是默默垂下視線。

最後，是桐嶋沉著的聲音，「姥妙的臉部照片，我已經寄給妳了。」

玲奈壓抑著顫抖的嗓音，輕聲說，「我知道了。」

掛上電話，玲奈將所有情感寄託於一聲嘆息。抬起頭時，便恢復了冷靜的思考。

鎖匠店主探出頭來，「小姐。」

玲奈轉向店主，「怎麼了嗎，仁先生？」

仁先生遞過來的，是一個比研磨杵更小一圈的圓筒形金屬盒。轉開盒蓋，裡面是另一個相同形狀、但稍微小一些的盒子，就像俄羅斯娃娃一樣。

她打開第二個盒子，裡面是剛才交給店主的鑰匙串。還有一張紙，上面寫了住址。

神奈川縣相模原市綠區川尻七二一五，獲得樫山家以外的據點了。

玲奈的心中，有什麼正在緩緩膨脹。

這是日本Kaba股份有限公司出品的點波鑰匙。爲了防止不正當複製，採取登記制度，設有四字密碼，不出示密碼就無法製作備用鑰匙。而鎖筒安裝的地點住址，也由製作公司進行記錄管理。若非鎖匠，任誰也不可能問出來。公司徹底嚴守保密義務，絕不外洩——通常是如此。

玲奈看著店主，店主滿是皺紋的臉也看向她。

謝謝，玲奈輕聲說道。店主不發一語，轉身走回店裡。

玲奈將紙條撕成小碎片，邊走邊灑在路邊。她已經將住址記下來了，如果姥妙或其徒弟，在登記完後就將鎖筒改裝到其他地方，那一切就結束了，線索到此爲止，但玲奈絕不說洩氣話。

要在琴葉被殺之前救她出來，若成爲躺在地上的屍體，就沒有偵探出場的餘地了。

28

陽光穿過樹葉，在遠離人煙的山間柏油路投下點點斑影。在勞斯萊斯銀色幻影的後座，姥妙悠兒透過車窗眺望著路面。他的目光轉向天空，從枝葉交錯的間隙中窺見陽光的明滅。

姥妙靠上座位，奔馳的車速早已遠遠超越速限。大眾如今已知道法律修正案，等於姥妙本身的存在也已公諸於世。媒體透過厚生勞動省，找到位於品川的事務所，現正如火如荼展開採訪攻勢。像這樣遠離市中心，也算是不錯的散心解悶，即使這趟是由於計畫突然提前，而出現的消滅重要物證之旅，實在是既瑣碎又麻煩。

對於熟知偵探業的姥妙而言，暴露自己的隱私簡直是愚蠢透頂。看診時雖不得不與患者面對面，但他打從一開始，就拒絕讓不特定多數對象查閱自己的私人資訊。既然想從根基改變社會的結構，就要更加小心。

因此，他便決定雇用一名和自己相似的替身。無需一模一樣，只要大致具有相同特徵就行。當時的樫山只是一個微不足道的醫療工作者，既無親屬也沒朋友，是個一無所有的青年。他教授樫山成醫之道，做爲條件交換，樫山要負責在少數公眾場合代替他現身。

和那些妄想型人格障礙的徒弟不同，他可以信賴單純老實的樫山。要實現三位一體的構想時，樫山也順勢成爲他狂熱的信徒。要能加入視察委員會並完成看守所的任務，除樫山之外，姥妙不做他想。

然而，樫山雖然沒有妄想型人格障礙，卻還是有其他問題，他有強迫性人格障礙的傾向。過度講究秩序和一定的流程、追求完美，反而會成爲阻礙。過於正經、責任感強、潔癖過重，也都是負面要素。

樫山不小心惹來峰森琴葉，事後該如何處置，他在報告裡也始終交代不清。姥妙擔心地問他是不是把人殺了，他閃躲著說，這樣發生在死亡推定時間後的看守所死亡事件就會失去意義；問他是不是軟禁她，他又不正面回答。

倘若他是自認罪行深重難以開口，問題就更嚴重了。樫山死了，比預定的時間早。爲何直到最後，他都不願說出峰森目前的狀況？姥妙選擇不加質疑。殉難時刻就在眼前，他只是不喜歡讓心在此時產生動搖。

不過，樫山把峰森平安藏起來，或放她逃走的可能性都很低。他並不懷疑樫山的忠誠。在排除可能的阻礙一事上，樫山絕不會退避。

駕駛座上是一個姓八幡的肥胖大漢，他穿著黑西裝，操控方向盤的同時，用耳機麥克風喋喋不休。過一會兒後，他掛掉電話，向姥妙報告，「是仲本來電。說是有鎖匠來打聽山莊KABA star鑰匙的裝設住址。」

姥妙心中升起一把火。有人偷走鑰匙嗎？只有這個可能。

妄想型人格障礙患者眞是古怪至極，他總是這麼想。一方面揭露他人的缺點和弱點，另一方面又要徹底隱藏自己的醜事。

「快點。」姥妙說，「紗崎玲奈要來了。」

能幹的偵探光看到一串鑰匙，就可以判斷其重要性。實際上，其他鑰匙應當都毫無價值，因爲除了樫山家以外，讓徒弟出入的藏身處只有一個，就是他們正在前往的山莊。文件已經燒毀，但還留有一台電腦。由於需要生物辨識才能登入，只能靠姥妙親自出動。

山莊坐落在一片綠地中，由城山湖與森林圍繞。那是一棟有著懸山式屋頂的木造平房，距離水力發電所的備用設施相當近。車子滑進玄關前的空地停下，八幡走下車，打開後座車門。姥妙下車佇立，彷彿穿透西裝的冷風讓身子爲之發抖。

八幡朝玄關門走去，以眼神向姥妙示意，大門仍舊上鎖。姥妙點點頭，紗崎玲奈還沒到這裡。

他打開門鎖，謹愼地踏進屋內。接著，姥妙隨即察覺情況有異。他以指尖輕觸八幡的肩膀，無言制止他發出聲響。

客廳的窗簾隨風飛舞，從遠處也看得出，窗戶玻璃被打破了。

警報器和自動通報系統也被關掉了。這倒是沒什麼好驚訝的，對紗崎玲奈來說，這只是小事一樁。明明已經握有鑰匙，爲何還要從窗戶潛入？

姥妙讓八幡走在前面，經過走廊，前往最重要的房間——書房。姥妙自己則跟在八幡後面。

書房門半開著，裡面發出某些物品的聲響。八幡猛然推開門，一躍跳進房內。

女子倒抽了一口氣。

姥妙越過八幡的肩頭看向女子，不是紗崎玲奈。

滿臉瘀青，身上的破爛洋裝沾染薄薄一層髒污。峰森琴葉蹲在書桌前，雙手放在筆記型電腦的鍵盤上。

琴葉嚇了一跳，把筆電闔上，夾在腋下就往窗邊逃。

八幡旋即撲上去，阻擋了琴葉的去路，一拳揮向她的臉頰。琴葉的身體飛過空中，撞上牆壁後滾落地上。她仍將筆電抱在胸前，沒有放手。

姥妙訝然無語。腳邊放著一個沒見過的運動包，他翻看內容物。地圖、竊聽器、電擊槍、相機、橡膠膠帶。還有一個透明盒子，裝了ＤＶＤ光碟機和記憶卡一類物品，應該是解析密碼和駭客專用的軟體。可說是全套偵探必需品了。

狀況逐漸清楚了。姥妙不由得大笑出聲。

「原來如此。」姥妙說，「難怪樫山不敢說，原來是被妳給逃了啊！」

琴葉的臉痛苦扭曲，手貼著臉頰。她不斷甩頭，想喚醒就要失去的意識。

眞是個相當年輕的小姑娘。不過她這副衣著，用水溝老鼠或破爛抹布形容，更爲貼切。她連衣服也沒換，就這樣在外面遊蕩幾天了？恐怕也曾露宿野外。

姥妙緩緩走近，琴葉從上方俯視著她，「像妳這種跟外行人沒兩樣的小姑娘，竟然可以找到這裡。應該沒有妄想型人格障礙吧？眞想見識一下須磨這個男人的偵探教育術。」

之所以找不到峰森琴葉，不是因爲她被監禁或被殺了。在看守所單人房看到屍體後，她大概就逃離樫山，並反過來做爲偵探，開始追蹤他。她想必也曾在看守所附近，多次展開尾隨或定點監視。

至於她是如何找到這幢山莊的，大致也有底了。姥妙的徒弟中，有些人擅自接受了政府的生活補助。申請補助時需要塡寫住址，對妄想型人格障礙者而言，無時無刻都極端厭惡暴露自己的生活據點。樫山家雖是個人住宅，但這間山莊沒有固定居住者，因此許多徒弟都將此地住址塡寫在公所文件上。偵探只要有心，就會發現這件事，姥妙平時便意識到了這層風險。

距離山莊最近的公車站有七公里，但這個小姑娘仍沒有放棄調查。

姥妙說，「妳會追到這裡，就表示手上完全沒有能證明我們犯罪的證據吧？其實我們在做什麼，對妳來說大概也太難懂了。能把我的東西還給我嗎？」

琴葉抱著筆電，眼神反抗地瞪著姥妙。

八幡打算奪取筆電，琴葉掙扎著抵抗，整個人趴在筆電上，無論如何也不放手。八幡踹倒琴葉，用鞋底輾踏著琴葉的太陽穴。琴葉滿臉脹紅，憋著聲音哭泣，拚死抱住筆電。

姥妙想，搶過筆電只是時間的問題。他靠著書桌，等待八幡的體力勞動出現結果。八幡猛力毆打踢踹，姥妙聽著打擊的悶響，以及琴葉的哀號和哭聲。

八幡怒吼，「臭小鬼，還不快交出來！」

倒在地上的琴葉也放聲大喊，「我絕對不給你！」

姥妙心煩氣躁地起身。

他望著縮起身體的琴葉。她毫無抵抗能力。姥妙雖然對自己的體力沒什麼自信，但要對付她倒還沒問題。他試著踢向琴葉的背，琴葉痛得向後仰。姥妙對八幡使了使眼色，兩人一同朝琴葉又踢又踹，琴葉雙眼哭得紅腫，激烈咳嗽著。

終於，姥妙注意到琴葉的雙臂已有放鬆跡象，便迅速搶走筆電。

琴葉慌張地抱住姥妙的腳，顫抖哭喊著，「不要拿走，還我！」

八幡一把揪住琴葉的頭髮，琴葉露出極爲疼痛的表情，她被向後甩去，仰躺倒地。八幡騎跨在琴葉身上，毫不留情地以拳頭毆打她。

姥妙將筆電放在書桌上，眼睛對準內建攝影機，解除生物辨識鎖。他重新安裝可以在數分鐘內，將硬碟內容完全消除的軟體，點擊軟體圖示。

他看向八幡。那雙宛如粗糙厚手套的手，正緊緊勒著琴葉的脖子，房裡只有琴葉艱苦的呼吸聲。

八幡似乎漸漸無法抵抗追求快感的慾望。他抓著琴葉的洋裝，想將胸前的部分扯破。琴葉一想抵抗，便招來一陣巴掌。

琴葉哭著大吼，「你就做啊！就強暴我好了！這樣就可以鎖定犯人了！」

八幡的表情瞬間畏縮，姥妙嫌惡地撇開視線。惱怒的八幡又繼續毆打琴葉。姥妙耳邊再次充滿暴力的聲音。

筆電螢幕轉暗，出現僅僅一行字：elimination complete。

能揭發他犯罪的資料、證明姥妙和樫山有所關聯的信件，已經消滅得連一位元都不剩。硬碟的空白磁區，也被覆寫上無意義的亂數。無論用盡何種方法，都再也無法還原硬碟內容。筆電如今已成爲巨大的金屬垃圾，被姥妙隨意扔在地上。

琴葉留著鼻血，爬向筆電，將已派不上用場的筆電緊緊抱在胸前，全身蜷曲成一團。

八幡抬起單腳，用力踩在琴葉身上，「瞧不起人也該有個限度！妳是想死嗎？」

「就算死也不會交給你！」琴葉哭喊，狠狠瞪著八幡，「如果沒把證據帶回去，就不能成爲獨當一面的偵探！」

「啥？什麼獨當一面的偵探？」

「如果我不能獨立，玲奈姊的心就不能放鬆休息！」

「這個囂張的臭小鬼！」八幡激動地持續狂踢猛踹。

屋內一陣嘈雜，不知誰的手臂闖入視線時，姥妙才發覺自己漏聽了接近而來的腳步聲。

那隻手握著一把電擊槍，是從剛剛那個運動包裡搶來的。電擊槍一貼上八幡的脖子，便瞬間迸出青白色的閃光，八幡慘叫倒地。

衝擊讓姥妙向後閃躲，全身的血液幾乎要凍結，紗崎玲奈就站在眼前。

玲奈抽出書桌的抽屜，朝八幡頭部水平揮打。八幡向後倒去，玲奈跳到他面前，以手肘垂直向下重擊。一陣骨頭碎裂的悶聲，八幡噴出鼻血，電擊似乎讓他陷入麻痺狀態，沒有要反抗的意思。玲奈也沒有打算斟酌力道，只是一個勁持續毆打。只要八幡稍微有些動靜，就立刻祭出一頓電擊。巨漢完全癱軟在地後，玲奈便改以踢踹伺候。

姥妙看到這裡，急忙衝出房門，遠離書房而去。他穿過玄關，奔到屋外，此時才發現勞斯萊斯的鑰匙在八幡身上，他沒辦法開車。姥妙嘖了一聲，轉而跑進森林中，目的地只有一個。

玲奈意識到手指的麻痺感，她停下動作。八幡滿臉浴血，白眼外翻，不斷痙攣。終於覺得該收手了，玲奈轉身背向八幡。

她在琴葉身旁跪下，胸中充滿撕心裂肺的自責哀傷。玲奈開口喚道，「琴葉。」琴葉的臉龐完全腫脹，臉頰有著內出血的大片烏青。她的洋裝破裂，露出肩膀。在那無法完全睜開的眼皮底下，琴葉朦朧地看著玲奈。

「我做到了。」她細微的聲音嘶啞，「我拿到證據了。雖然不知道實際上是什麼，不過都在這裡了。」

筆記型電腦被她緊緊抱著，壓迫在胸前。玲奈輕撫琴葉的手，讓她放鬆力氣，慢慢接過筆電。

她悄悄瞄向半開的電腦螢幕，窺見一行字：elimination complete。言語無法形容的悲哀感，溢滿玲奈的心。硬碟早已空無一物。

琴葉大概還不知道這件事，她躺在地上，雙眼溼潤地看著天花板。從腫脹的臉無法判斷表情，但玲奈可以感覺到她正露出滿足的微笑。琴葉輕聲說，「我已經是偵探了。不會讓玲奈姊擔心，也不會扯後腿。玲奈姊，妳不需要再身陷險境了。」

玲奈的視野波紋搖曳，當她意識到時，自己已放聲大哭。她握著琴葉的手，想對她說些話，卻又不知道該說什麼才好。

琴葉咳了起來，當她的臉轉向一邊時，大顆的淚珠從眼角滑落髮鬢。湧現的悲傷刺痛胸口，玲奈將自己的臉頰貼上琴葉臉龐。爲了我，琴葉直到最後都沒有放棄。

這該稱爲成長嗎？玲奈不知道。但她應該從一開始就要相信的，相信現在的琴葉與過去的不同。

不能一味沉浸哀憐。玲奈起身，顫抖地操作手機，「我來叫救護車。」

「玲奈姊。」琴葉輕聲說，「對不起，我說了那樣的話。我不希望玲奈姊死，要是玲奈姊死了，我也活不下去，因爲我最喜歡妳了。」

玲奈喉頭一鯁。滾燙的淚水彷彿燒灼著眼皮，但即使淚水落下，也無法緩和胸口緊緊糾結的痛。

琴葉當時說的話，不過只是一時的緊急措施。她確實拯救了親姊姊的性命。要是我早點想通就沒事了，卻一直傷春悲秋到現在。是我把琴葉逼到如此境地。

玲奈終於能擠出一絲話語，「不是琴葉的錯。我也不想失去琴葉，再也不想離開妳了。」

琴葉的眼眶盈滿淚水。看著琴葉，玲奈再也無法忍耐下去。

她站起來，走到八幡身邊，翻找他的口袋，掏出勞斯萊斯的車鑰匙。接著又走向琴葉，兩手輕輕將她抱起。

玲奈穩穩抱著全身無力的琴葉，走出山莊，打開勞斯萊斯的後座車門，讓琴葉橫躺在後座。

玲奈進入駕駛座，啓動引擎，並用手機撥打一一九。她在導航上確認地圖位置後，快速通報，「有一名年輕女性重傷。地點是相模原市綠區川尻七二二四，城山第二發電所前。我讓她在一輛熄火的車子裡躺著休息，車門已經打開了。」

掛斷電話，將手機放在副駕駛座上，玲奈踩下油門出發。姥妙，我知道你在哪裡。

29

城山湖畔的某個設施中，姥妙正跑進通往地下室的樓梯。遠處的第一發電所，是相當大規模的設施，擁有高達二十五萬千瓦的輸出功率；不過此處的第二發電所，充其量不過只有六百九十千瓦輸出，是僅由遠端操作的無人系統。

設施採取多床式構造，這層樓備有發電機，下方爲水車室，裡面放滿了調速機、輔助器、控制裝置、保護裝置和變電設備。再往下一層，就是寬廣如洞穴般的廠房。緊急照明燈是室內唯一光源，混凝土牆環繞著無機質的空間，前方盡頭處有一道鐵製水門。地板現在是完全乾燥的。

姥妙爬上梯子，來到上層露臺處，抽去梯子，遠離下方地面。露臺上排列許多控制面板，他早已調查清楚詳細操作方式。

他先在原地站了一會兒，調勻粗重的呼吸。倘若紗崎玲奈能忽略這裡就好了，即使她眞的來了，留在這裡也是最好的對策。

事情正逐漸走向他所能想到最糟的情況，有人跑下樓梯，聲音愈來愈大。

一個人影走進空蕩蕩的廠房。

姥妙俯視玲奈，他的聲音在這個封閉空間中迴盪，「回去吧。離開這裡，然後忘了一切。這是最後的警告。」

玲奈停下腳步，抬頭看向姥妙，低聲說，「開什麼玩笑。」

「既然妳能判斷出我在這裡，就應該知道這裡是什麼設備吧。」

「是最下層的水槽吧？因爲用途是吸收流量變化，建造得十分堅固，可以阻斷任何電波。」

「所以手機和竊聽器都沒有用處。而且……」姥妙指了指控制面板，「還有這個。」

「通電後，便能產生電磁波。」

「沒錯。妳在樫山家也體驗過了吧？錄音或錄影都毫無意義，只要我在這裡打開開關，就能立即刪除所有資料。」

「你的意思是，既然不會留下證據，就不怕我向警方報案，對嗎？」

「如果妳打算那麼做，我就打開水門，讓洶湧的水把妳沖走，簡簡單單就能辦到。離開這裡，才是保身之道吧？」

「山莊那裡還留下了施暴案件。」

「那是妳做的。峰森琴葉侵入民宅，妳則是後來趕到，把八幡打成重傷。」

「不僅如此。附近的發電所，也會找到一個重傷者或死亡的人。」

「是在威脅我嗎？簡直跟毫無節操的灰道分子一樣哪。」

「你是在說自己吧？」玲奈冷冰冰地盯著姥妙，「你這個害死咲良的元凶，擾亂偵探業界、任性自私的老不修。」

「雖然出身名門學校，但畢竟只有高中畢業，還不曉得該怎麼說話啊。我所進行的，是調查業劃時代的改革。」

「你只是想利用媒體，成爲冒牌的爆紅名偵探。跟阿比留一般水準。」

「緊抓著片面一點大肆批評，是白癡才會做的事。妳好好想想，精神科醫師能夠辨認精神異常者，所以精神科醫師兼任偵探，就能找出異常犯罪者，揪出像岡尾芯也那樣的人。」

玲奈毫不動搖，「偵探會去調查。」

「偵探只能查出目標的行動，完全無法判斷目標的精神層面。」姥妙突然想起了什麼，「我聽在樫山家的徒弟說，妳被診斷為邊緣型人格障礙吧？」

「我可不記得自己接受過看診。」

「紗崎，妳也不認為自己正常吧？不想知道自己有哪些症狀嗎？」

「擅自斷定他人的狀態，跟算命的有什麼兩樣。」

「對於妳的每項行動，我都瞭如指掌，市村都得意洋洋地向我逐一報告了。托她的福，我才能從妳的外在和內在進行全面性的判斷，分析妳真正的本性。這種高度精準的分析，無論任何國家的調查業都做不到。」

「那就是所謂的改革嗎？」

「沒有什麼異常犯罪是無法理解的。精神醫療會獲得飛躍性的進步，刑法也能夠重新獲得檢視。預先制止犯罪的發生，能引導世界邁向和平。我把人生都賭在這上面了。」

玲奈加重語氣，一鼓作氣地說，「精神科醫師這種職業，就跟名偵探一樣，都是虛構的。病症的名稱也只是牽強附會。不徹底追究產生異常心理的原因，明明不可能完全治癒，卻裝成治得好的樣子，這就是你們的工作。而患者就變成必須永遠依賴藥物的金雞母。」

姥妙無言以對，玲奈的斷言如同荊棘刺向胸口。她是何時在哪裡形成這種見解的？

姥妙好不容易才擠出一句話，「簡直愚昧無知。」

「這是極端的說法。我不認爲所有精神科醫師都是如此，但其中也有這種人存在吧？像你一樣的人。」

「妳的母親應該正在接受精神科治療吧。」

「正因爲如此我才明白，媽媽的主治醫師是正直的人，而你不是。但你卻擅自認爲其他精神科醫師也是跟你一樣的騙子。把偵探、律師當做附加價值，讓這種醫師跟他們合作，替自己開創生路，就是三一構想。你放棄責任，卻還想維持醫師的權力及收入。隱藏行蹤後，爲了永久確立自己的位置，努力做盡各種準備，經過二十年，才終於看到騙局的成果。」

驚訝與狼狽，逐漸轉變爲憤怒。姥妙怒吼，「妳這種小姑娘懂什麼！搞不清楚狀況的是妳！把媒體報導裡那個不存在的女偵探當成自己，誤以爲民眾認同了自己所作所爲的正當性。」

玲奈眼中的怒火倏地消散了。玲奈語氣冰冷地說，「藉由讓不可原諒的刑事被告連續死亡，來抑制世間的犯罪，樫山認爲那也是改革的一部分。然而，你卻只是需要能讓內閣法制局無法忽視的聳動事件，把那些死亡當做法案附帶的題材。只要樫山能深信那是違法但正確的行爲，有爲此捨棄生命的價值，不管什麼樣的犯罪都好。惡劣至極。」

一句句刺耳的話，讓姥妙忍不住大發雷霆，「惡劣至極？選出那些因爲想活下去而容易喪失判斷力的收容人，並完美引導他們走向自殘的人，是我！因爲能同時掌握行動與精神層面，才能準確分析他們的人格，這就是精神科醫師兼偵探的調查能力。爲了實現改革，就算過程中要欺騙他人，也是戰略的一部分。愚蠢的小姑娘豈能理解！」

語畢後的沉默，更凸顯方才音量之巨大。拖長的話音迴盪，在寂靜中久久未能散去。姥妙佇立在露臺，玲奈處在水槽底部。兩人的距離明明沒有縮短，卻似乎有什麼正不斷逼近。

玲奈面無表情地說，「說得眞好，餘音繞梁，說服力十足。」

姥妙嘁了口氣。玲奈從口袋取出一支筆狀物體，是數位錄音筆。

姥妙怒不可遏，伸手向控制面板的拉桿，「想逃跑就是了？眞不巧，只需要三秒的時間，電磁波就可以遍布整層樓。妳爬上樓梯逃到地面，大概也需要三十秒吧！」

「那你就試試吧？」

可笑的引誘手法，這小姑娘八成只能虛張聲勢了吧？姥妙掃了一眼面板，將拉桿上推，全數按下控制四個通電區域的按鈕。樓層發出宛如低吟般的聲響，電磁波發動了。

姥妙的目光回到玲奈身上，眼前所見卻讓他瞬間驚愕，肚子彷彿遭到重重一擊。

玲奈手裡還拿著另一樣物品。外表是銀色的，大小和發煙信號筒差不多。她輕輕橫向搖動筒狀物，發出喀啦喀啦的聲音，似乎是金屬容器。她把錄音筆藏在裡面嗎？

玲奈冷酷地說，「我用電磁爐煎蛋失敗了，因爲電磁波無法通過鈦金屬。我想起那件事，就在鎖匠店裡買了這個。」

姥妙感到全身血液正在逆流，有如結凍，那是鈦金屬盒。

玲奈轉身，走向通往樓上的階梯。

心臟跳得飛快。不能讓她逃走。姥妙移開梯子的止滑器，將梯子垂直下放至地面，急忙從露臺爬下。

踩到地面後，姥妙回頭，再度吃了一驚。玲奈就站在他身後。

玲奈像鼓棒般揮動鈦金屬盒，水平向姥妙的頭甩去。耳腔裡爆出刺耳尖聲，劇痛迸裂，姥妙的身體在空中飛舞。重力的吸引讓全身感受到風壓，他才知道原來自己被打飛得這麼高。下一秒，他重重摔落混凝土地，連最細微的神經都麻痺了。

等知覺好不容易恢復，姥妙抬起頭，玲奈正緩緩朝他走來。黑影逐漸襲罩眼前，姥妙意識到，此刻的發寒不僅僅是因為冰冷的地面，還有內心的恐懼。

玲奈警戒地走近姥妙，姥妙雖步伐不穩，仍試圖要站起身。玲奈旋即用鈦金屬盒痛毆姥妙的太陽穴，姥妙向前跪倒，臉部又遭一陣狠踹，整個人倒在地上。

玲奈走到仰躺著癱倒的姥妙身邊，正打算揪起他的衣領，姥妙突然一拳揮來，銀色光芒掠過眼前，臉頰閃過一道刺痛感。玲奈向後退，手指觸摸臉頰，有血。

姥妙站了起來，手上握著一把小短刀，勉力擠出聲音，「妳憎恨我嗎？我大概算是殺了妳妹妹的首謀吧。把我折磨玩弄一番後再殺害，妳就會滿足嗎？」

玲奈轉身爬上梯子。她知道姥妙會追上來，但握著刀可不能爬梯子，因此他只能放下凶器，玲奈看準的就是這點。

如她所料，姥妙將小刀含在嘴裡，爬了上來。玲奈踢向他的臉，但姥妙反而用一手抓住玲奈的腳踝，玲奈一個不穩，被拉扯著向後倒去。背部瞬間受到撞擊，劇痛蔓延全身。

姥妙爬上露臺，持刀衝來，玲奈身子一扭閃過他。姥妙拚命抓住玲奈，不讓她站起來。玲奈背部撞上牆壁，似乎偶然打開了控制面板的開關，巨大的蜂鳴聲響起。

很快地，轟隆聲開始搖晃洞穴，水流聲傳來。定睛一看，眼下已是一片白色飛沫，雖然還很淺，但水流正急速不停地湧入。距離露臺尚有一段距離，然而肌膚已能感受到水花飛舞。

玲奈打了姥妙的臉頰一拳，抽開身子，使盡全身氣力，用鈦金屬盒砸向姥妙的上臂。小刀從姥妙手裡彈開，落入下方的滾滾濁流。

水位逐漸上升，衝擊耳膜的轟聲如瀑布，雨珠從下方不斷吹上來。

姥妙壓低姿勢，用全身衝撞玲奈，玲奈迴避時腳下一滑，不慎被壓倒在地。鈦金屬盒脫離手中，掉在露臺地上。

姥妙眼睛一亮，隨即一把抓起鈦金屬盒。玲奈爬了起來，姥妙看來十分狼狽，或許已經無暇慢慢爬梯子，姥妙突然從露臺一躍而下。

水柱翻湧，將姥妙的身體覆沒於激流中，但腳似乎還踩得到地面。姥妙的頭露出水面，看向玲奈，手裡握著鈦金屬盒。

他勝利般地笑了，在巨大的轟隆聲中，姥妙扯開嗓子，「最後就告訴妳吧！妳沒有邊緣型人格障礙！考慮到妳妹妹的死，妳的不安、空虛和莽撞冒失，都沒什麼好奇怪的！妳甚至擁有不會迷失目標的強韌的心！放心挫折吧！一點點證據都不會讓妳帶回去！」

玲奈冷靜地任他大放厥詞。她俯視著姥妙，冷冷開口，「我可沒有忘記伴手禮。」

她從口袋中，取出裝了錄音筆的鈦金屬盒。

盒子原先就是雙重構造，如俄羅斯娃娃一般。只要拆開，就會變成兩個盒子。

姥妙瞠目結舌，慌忙叫喊著打開手上的鈦金屬盒。

他取出盒中的棒狀物體。是咲良的禮物，粉紅色的攪拌棒。姥妙茫然地看著它。

濁流益發洶湧，連露臺也激烈地上下搖晃，水勢已高到玲奈腳邊，徹底將姥妙的頭頂淹沒。姥妙高舉雙手尖叫著，但轉眼便消失在狂暴的浪濤中。滾滾洪流從洞穴般的廠房向水路奔去，姥妙恐怕也會隨之沖出去吧。

控制面板上有一個小燈號，到剛才爲止都是熄滅的。上面寫著「水門開閉」。玲奈按下關閉按鈕，蜂鳴聲響起，震動逐漸緩和下來。

水位下降，急流漸次衰退，如豪雨般的飛沫，亦轉爲霧雨灑落。

暴風雨逐步平息，玲奈感到自己的內心也正慢慢平靜下來。

完成所有願望後，依然活了下來。回過神來，渾身溼透的玲奈已哭了出來。此刻她終於拋下一切抵抗，將自己完全交付給淚水。

30

長達兩個月間，媒體都在談論看守所不明死亡的眞相。

各家媒體都持續關注著姥妙悠兒的話題，討論他那異常的信念和目標，以及宛如邪教團體枝枒的徒弟。觀眾尤其相信搶先發出新聞特報的逢坂結翔，他公開了姥妙的自白錄音檔，檔案中只有姥妙一個人的聲音。

前往城山湖釣鱸魚的船隻，在第二水力發電所的排水系統附近，將姥妙拉上船。逢坂也率先衝抵現場，報導了這則新聞。據說姥妙最初尚有意識，對船員說了一句話後，就陷入昏迷狀態，送醫至今都仍未甦醒。

逢坂後來在節目上公布，姥妙當時向船員說的話是「佐佐木」。事先準備好的字卡上，也印著「佐佐木」（註）。主持人和來賓紛紛議論此人究竟是誰，而逢坂則以「有後續消息再向各位報告。」做出結論。

看守所案件的衝擊眞相，引發輿論的關注，而逢坂曾經報導的女性偵探，則有如都市傳說或一時風潮，已徹底爲世人所遺忘。僅有極少數的媒體，針對這名參與阿比留事件及家暴庇護所事件的女性偵探，刊載了充滿臆測的報導。但逢坂又在節目中揭曉新的眞相，等於反駁了上述臆測。姥妙在第二水力發電所發生事故時，逢坂不但正在拜訪須磨調查公司，那名女性偵探也同樣在場。而碰巧也在同一辦公室內的竹內調查事務所社長，也印證了此一說法。

實際上，警方也接受這個證詞。因此人們益發相信，姥妙是爲了自殺才入侵發電所設施的。

十二月的多雲天空，有如沉重潮溼的毛氈。坂東終於來到須磨調查公司。

須磨將坂東迎入社長室。依照慣例，桐嶋站在牆邊。這三人僅僅只是面對面，室內的氣氛就極不尋常。須磨雖然感受到了，但還是盡力保持著撲克臉。

坂東隨意坐在訪客用沙發上，「做得不錯嘛！這次搜查一課又要被人說沒用了。」

須磨若無其事地回應，「起初死因不明的時候，就該注意到樫山參與其中了。」

「我們可是被上層和媒體集中火力批評了一番。看守所的相關人士因爲賦予視察委員會太多權限，也同樣成爲眾矢之的。而藏匿罪犯，不斷做出僞證的偵探事務所社長，卻沒有受到任何責難。」

「有這樣的人啊？」

「能不能跟你的員工說，請他們別把嫌疑犯弄到意識不清？不然我們都沒辦法訊問了。」

「我不清楚你在說什麼。」

坂東誇張皺起眉頭，「簡直跟紗崎玲奈的語氣一模一樣，徒弟果然很像老師。不，說不定是老師意外受到徒弟的影響。你過去也沒這麼冷淡吧？」

「就算是過去，也要看哪個時期。」須磨盯著坂東，「是碰到你之後才改變的。」

「終於要丟開表面的彬彬有禮了？」坂東坐直身子，「眞是因果報應。獅靭會近來開始支援不肖偵探了喔。」

「坂東。」須磨打斷他的話，「感謝你對峰森的侵入住宅罪予以斟酌，只下達了嚴重警告。」

註：「佐佐木」與「紗崎」為同音異字。

「任命視察委員的是法務大臣，在他的壓力下，那些警察廳的膽小鬼也只能乖乖順從。」

「峰森的逮捕令應該早就能申請到吧？三十六小時的猶豫是爲了什麼？」

坂東依然保持著冷淡的表情，只是嗤笑一聲，說了聲告辭，便離開房間。

坂東提到了獅靭會，須磨刻意略過這個話題。陰鬱宛如汨汨流入的墨汁，沉重壓在心上。但須磨沒有青澀到還會被這樣的不安牽著鼻子走，桐嶋想必也是一樣。

兩人回到辦公室。眼前是再平常不過的職場景象，偵探課的每個人都忙於工作。一段距離外的另一側，則並排著兩張桌子。現在座位上只有一個人，反偵探課的名牌下，有一名穿著女性套裝的年輕女職員。

峰森琴葉正在電話中。好的，確認出發時間後再跟您聯絡。她這麼說著，放下話筒。

她注視須磨，露出微笑。那不再是從前爽朗的少女笑容，其中隱含一抹寂寥。然而在這份工作上，如此轉變也能視爲成長。

結束住院生活後，她的臉上已不見任何傷疤。起初疑似出現過ＰＴＳＤ的症狀，但現在聽說也已經恢復了。侵入看守所一事，也被認爲是由於對暴徒的憎惡，以及對玲奈的罪惡感等，種種多愁善感的背景因素影響下，才產生的衝動行爲。以目前的狀況而言，無須擔心再次發作。

雖說如此，她也無法回到原本的個性了。目睹許多慘狀後，自己也遭到暴力傷害。異常悽慘的經驗，不會從記憶裡消失。她自己應該也有所體認，這條路只能走下去。

桐嶋向她搭話，「峰森，關於個人偵探業者柴又章輔，後續的調查如何？」

琴葉微微一笑，遞上一張紙。「因爲星巴克的無線網路沒有加密，可以側錄他在登錄網站時輸入的帳號密碼。我也在他的信箱丟入應召女郎的假傳單，剛才就是他打來的電話。透過來電顯示，也拿到了他的電話號碼。」

須磨和桐嶋互看一眼，忍不住笑了出來。

桐嶋提醒琴葉，「對方也是偵探，得確認一下是不是陷阱。」

琴葉依舊掛著笑容，「即使是陷阱，我也會試著跳進去看看。」

和玲奈眞像，須磨想。他頓時在意起一旁的空位問，「紗崎過得還好嗎？」

「她每天晚上都會來病房探望我。」琴葉有些臉紅，「出院後，她也替我做飯、陪著我入睡。昨天我們還一起出去買東西。」

「紗崎嗎？她現在人在哪裡？」

琴葉望著玲奈的桌子，神情蘊含深深感慨，「今天早上，她比我還早出門。她說就算是一點小工作，也想盡快處理掉。」

31

石鳥偵探社的瀨田穰，正和其他同業的反偵探課一起跟蹤某個女子。

地點是早上的新橋車站前，日比谷出口。紅色長版大衣，即使在人群中也很顯眼。竟然刻意選擇顏色識別度高的服裝，或許是爲了不讓人覺得她是偵探，但未免也太瞧不起人。

紗崎玲奈，犯下許多重大罪行，使業界陷入危機的存在。絕對需要無時無刻的監視。

在跟蹤途中，他與兩名同伴會合，分別是陽箋調查公司的清水，與木原信用調查公司的吉澤。

玲奈突然開始奔跑。瀨田一行人也加快腳步，拚命撥開重重人群，試圖縮短距離。進入車站，玲奈走向驗票閘門，將錢包放上閘門旁的感應器，消失在站內。

Suica和Pasmo（註）對偵探來說是不可或缺的，自然所有人都帶著。瀨田跑向驗票閘門，將車票夾放上感應器。

但不知為何，閘門沒有開啓，瀨田被閘門卡住差點絆倒。警報器響了，他困惑地四處張望，才發現清水跟吉田也動彈不得。

站務員詫異地走過來，將他們帶往人工驗票通道。瀨田說明現在正是分秒必爭的時刻，但站務員仍不願讓他們直接通過。

站務員在人工驗票通道確認他們的ＩＣ卡。他搖搖頭，「你們都另外補發過新卡了喔！」

清水驚訝地睜大眼睛，「怎麼可能，又沒有遺失過！」

被擺了一道。瀨田不由得搔了搔頭。

加盟協會的偵探事務所，原則上算是一般正當企業，員工名冊也可以員工手上拿到。只要知道姓名與地址、電話、出生年月日及通勤區域，就可以透過機器辦理遺失與補發新卡的手續，而申請遺失的卡便無法再通過驗票閘門。玲奈早就注意到跟蹤者的身

註：Suica及PASMO為東日本最多人使用的非接觸型電子票證，具儲值車票及電子錢包等功能。

分了。

吉澤與站務員起了爭執，引起周遭人們的騷動，瀨田只能徒然佇留原地。驗票閘門的另一邊人來人往，原本十分醒目的紅色長大衣，如今已不知去向。

德留陽一是名無照偵探，他使用違法手段收集情報，幾近恐嚇對方。身爲自由工作者，可以從他人身上獲取利益，他本人也相當自豪。

羽田機場航廈的行李領取區，德留提起第一個送出來的行李，朝向出口走去，單手邊滑著智慧型手機。

螢幕上的畫面，是某位知名縣議員在曼谷得意忘形的模樣——他在鋼管舞的舞台上，被舞者上下其手肆意玩弄。這位議員不但已婚，還有兩個孩子，這張照片想必能成爲威脅他的好把柄。

德留想著這些美事，愉快地穿過閘口，來到迎賓大廳。就在此時，有人猛地一把搶走他的手機。

一切來得太突然，德留呆愣在原地。穿著紅色長大衣的女子，將手機丟給附近的警衛，警衛慌忙接住。

女子冷靜地告知警察，「他偷拍。」

德留非常震驚，「妳在說什麼！開什麼玩笑，那是我的，快還給我！」

但警衛拿著手機，對著德留上下打量，接著用無線電尋求支援。

警衛一定認爲，年輕女子是要投訴自己被人偷拍。德留緊張不已，雙腳卻無法動彈。其他穿著警衛制服的人陸續趕到。

「妳到底想做什麼？」德留咬牙切齒地瞪著女子。頓時，他心中一沉。

紗崎玲奈。

德留恐懼地問，「爲什麼會知道是我？」

玲奈冷靜地說，「行李上貼有DOORSIDE的貼紙。明明辦了率先提領行李的手續，你領完行李後，卻一副不疾不徐的模樣。」

警衛縮小包圍網。德留的心跳加速，無法克制。

一旦懷疑有偷拍行爲，機場就會找警察來。不光是手機裡的照片，也會被要求出示護照，確認身分。這下子是不可能再威脅議員了。

德留忍不住問，「妳爲什麼要做這些事？」

回望他的，只有冰冷的眼神。玲奈輕聲說，「現在才問這個？就說了，我是追蹤偵探的偵探。」

NIL 15／惡德偵探制裁社4
追尋歸屬的女孩

原著書名／探偵の探偵Ⅳ
原出版者／講談社
作　者／松岡圭祐
翻　譯／黃姿瑋
責任編輯／張麗嫺
編輯總監／劉麗真
總 經 理／陳逸瑛
榮譽社長／詹宏志
發 行 人／涂玉雲
出 版 社／獨步文化
城邦文化事業股份有限公司
104台北市中山區民生東路二段141號5樓
電話：(02) 2500-7696　傳眞：(02) 2500-1967
發　行／英屬蓋曼群島商家庭傳媒股份有限公司
城邦分公司
104 台北市中山區民生東路二段141號2樓
網址／www.cite.com.tw
讀者服務專線／(02) 2500-7718；2500-7719
服務時間／週一至週五：09：30～12：00　13：30～17：00
24小時傳眞服務／(02) 2500-1900；2500-1991
讀者服務信箱E-mail／service@readingclub.com.tw
劃撥帳號／19863813
戶名／書虫股份有限公司
香港發行所／城邦（香港）出版集團有限公司
香港灣仔駱克道193號東超商業中心1樓
電話／(852) 2508-6231　傳眞／(852) 2578-9337
E-mail／hkcite@biznetvigator.com
馬新發行所／城邦（馬新）出版集團
Cite (M) Sdn Bhd
41, Jalan Radin Anum, Bandar Baru Sri Petaling,
57000 Kuala Lumpur, Malaysia.
Tel: (603) 90578822
Fax:(603) 90576622
email:cite@cite.com.my
封面插畫／清原紘
封面設計／馮議徹
排　版／游淑萍
印　刷／中原造像股份有限公司
●2016（民105）12月初版
售價280元

 ISBN 978-986-5651-81-7

國家圖書館出版品預行編目資料

惡德偵探制裁社4：最終決戰／松岡圭祐著；黃姿瑋譯. –初版. – 台北市：獨步文化，城邦文化出版：家庭傳媒城邦分公司發行，民105.12
面；公分. --（NIL；15）
譯自：探偵の探偵Ⅳ
ISBN 978-986-5651-81-7
861.57　　105007814

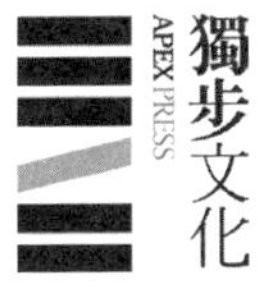

廣　告　回　函
北區郵政管理登記證
台北廣字第000791號
郵資已付，免貼郵票

104台北市民生東路二段 141 號 5 樓

英屬蓋曼群島商家庭傳媒股份有限公司

城邦分公司

獨步文化　　收

請沿此虛線剪下，將活動卡對摺、黏貼後寄回即可

黏貼處

獨步十週年慶活動 Bubu 集點卡

東京來回機票 × 2017 年全套新書 × 限量款紀念背包

預約未知的閱讀體驗· 挑戰真實的異國冒險

想見識日系推理場景卻永遠都差一張機票？
想閱讀的時候書櫃剛好就缺一本推理小說？
想珍藏「十週年紀念限量款」Bubu 後背包？

三個願望，今年 Bubu 一次幫你實現！
集滿三枚點數就可參加抽獎，每季抽出，集越多中獎機率越大！

首獎：日本東京來回機票乙張 2 名（長榮航空經濟艙來回機票，價值約 NT 40,000 元）
二獎：獨步 2017 年新書全套　每季 5 名（總價約 NT 14,000 元）
三獎：Bubu 十週年紀念限量帆布包　每季 5 名（價值約 NT 3,000 元）

首獎
日本東京
來回機票

二獎
獨步 2017 年
新書全套

三獎
Bubu 十週年紀念
限量帆布包

【活動辦法】

- 即日起至 2016 年 12 月 31 日止，獨步每月新書後面皆附有本張「獨步十週年慶活動 Bubu 集點卡」乙張及 Bubu 貓點數 1 枚，月重點書則有 2 枚（請見集點卡右下角）！
- 將 Bubu 貓點數剪下貼於本張活動集點卡，集滿「三枚」並填寫個人資料後寄出，即可參加獨步十週年慶抽獎活動！（集點卡採【累計制】，每一張尚未被抽中的集點卡都可以再參加下一季的抽獎，寄越多，中獎機率越高喔！）
- 二獎和三獎於 2016 年 4 月、7 月、10 月及 2017 年 1 月的 15 日公開抽獎。
- 首獎於 2017 年 1 月 15 日抽出。（活動於 2016 年 12 月 31 日截止，郵戳為憑）

◆ 詳細活動規則請見獨步文化部落格：http://apexpress.blog66.fc2.com/
◆「每月重點主打書籍」與「活動得獎名單」將於獨步文化部落格、獨步臉書粉絲團公布。
◆ 2017 年新書將於每月 15 日寄出給中獎者。

【Bubu 點數黏貼處】

請沿此虛線剪下，將活動卡對摺、黏貼後寄回即可

【聯絡資訊】（煩請以正楷填寫以下資料，以免因字跡辨識困難導致贈品寄送過程延誤）

姓名：＿＿＿＿＿＿＿＿　年齡：＿＿＿＿　性別：□ 男 □ 女
電話：＿＿＿＿＿＿＿＿　E-mail：＿＿＿＿＿＿＿＿
獎品寄送地址：＿＿＿＿＿＿＿＿＿＿＿＿＿＿＿＿

□ 我已詳讀權利義務之相關條款，並同意遵守。

黏貼處

【注意事項】1. 本活動限臺澎金馬地區讀者參與。　2. 參加者請務必留下有效郵寄地址，若贈品無法投遞，又無法聯絡到本人，恕視同棄權。　3. 本活動卡及 Bubu 點數影印無效。　4. 欲看贈品實物圖請上獨步部落格：http://apexpress.blog66.fc2.com/　5. 抽獎贈品將以郵局掛號方式寄出，得獎訊息將會於獨步文化部落格、獨步臉書粉絲團公告。

歡迎加入獨步臉書粉絲團

獲得最快最新的出版資訊！Bubu 在臉書等你呦～
獨步粉絲團：https://www.facebook.com/APEXPRESS

◀ 歡迎剪下我